认命的姑娘

（俄）陀思妥耶夫斯基 著

臧仲伦 译

漓江出版社

·桂林·

"流动着的现实"
既深且广

——从成名作《穷人》到作者最喜爱的儿童故事①

臧仲伦

① 此文系译者臧仲伦先生十多年前为我社《陀思妥耶夫斯基中短篇小说选》（2012年8月版）一书而作。现将原书分为《穷人》和《认命的姑娘》两本作为新版推出，由于斯人已逝，无法操刀重写前言，故而新版两部作品均保留原《译本前言》完整原貌。——编者注

19世纪是俄罗斯文学的黄金时代，从普希金到契诃夫，群星灿烂，而陀思妥耶夫斯基和列夫·托尔斯泰，则是这个灿烂星空中的一对耀眼的双子星座。他们俩的天才，在世界文坛上，恐怕只有莎士比亚、但丁、歌德、李白、杜甫和苏轼能与之媲美。陀思妥耶夫斯基生于1821年，托尔斯泰生于1828年，两人相差七岁。可是西方世界知道俄国有屠格涅夫和托尔斯泰，却早于陀思妥耶夫斯基。陀思妥耶夫斯基是以他的代表作《罪与罚》享誉世界的。紧接着，他又以他的另外四部长篇小说《白痴》《群魔》《少年》和《卡拉马佐夫兄弟》，使全世界都惊愕地注视着这位苦役犯出身的伟大作家。进入20世纪以后，他在西方人的心目中愈来愈璀璨夺目，渐有超过托尔斯泰之势，并被西方现代派视为鼻祖。

托尔斯泰是最伟大和最纯粹的艺术家，陀思妥耶夫斯基则是伟大的艺术家中最伟大的思想家。托尔斯泰向我们展示的是广阔的现实生活画面和人物的"心灵辩证法"，既广且深。而陀思妥耶夫斯基挖掘的却是人的灵魂的深，在恶中见善，在善中见恶，在污秽中现出光辉。他描写的是流动着的现实，面向未来，面向永恒——既深且广。托尔斯泰写的是"现实和人"这一状态，而陀思妥耶夫斯基探索的却是人的奥秘，不但包括人的思想、感情，也包括人的潜意识、下意识，甚至无意识。

本选集不是陀思妥耶夫斯基的主要作品。即使在他的中短篇小说中，有些也不是最主要的。我们只是面向浩瀚的大海，浅海拾珠，供广大读者赏鉴。

《穷人》是陀思妥耶夫斯基的处女作，也是他的成名作，曾得到别林斯基和涅克拉索夫的高度评价和赞赏。涅克拉索夫甚至向别林斯基欢呼："新的果戈理出现了！"别林斯基也十分欣赏《穷人》。他说："《穷人》发掘出一个大的、伟大的有才能的作家，它的作者会远远胜过果戈理。"

《穷人》用书信体写成，因而可以最大限度地揭示人物的内心世界，它既继承了前人的传统（普希金的《驿站长》和果戈理的《外套》），又发挥了自己的特色，更着重人物的心理刻画。

《诚实的小偷》提出了苦恼俄罗斯数世纪之久的酗酒问题。它是俄罗斯人贫困和走投无路的产物，但是它又反过来促使穷人更穷，更走投无路。在这篇小说中，我们可以看到陀思妥耶夫斯基脍炙人口的艺术特色——描写对话的卓越技巧和才能。他的作品没有大段的肖像描写和风景描写，而是在对话中叙述故事，交代情节，衬托出人物复杂的内心世界。

《小英雄》是作家1849年因"彼特拉舍夫斯基案"，被囚于彼得保罗要塞时所作。这是作者最抒情的作品之一，色彩亮丽，笔触清新，充满诗情画意。很难想象，它是作家在阴暗潮湿的牢狱里，生死未卜的情况下写成的。那时他才28岁。《小英雄》无论哪方面都足以与屠格涅夫的《初恋》媲美。须知，《初恋》作于1860年，《小英雄》作于1849年，早于《初恋》11年。

陀思妥耶夫斯基很喜欢孩子。他的最后一部巨著《卡拉马佐夫兄弟》第四部就开辟了整整一卷（第十卷），描写作品主人公阿廖沙和孩子们。

而本选集收入的短篇《新年晚会与婚礼》《小英雄》《在基督身边过圣诞节的小男孩》《农夫马列伊》和《百岁人瑞》，都可以说是"儿童故事"。他尤其喜爱那篇《在基督身边过圣诞节的小男孩》。这是他短篇中的一颗璀璨的明珠，艺术价值极高，是"朱门酒肉臭，路有冻死骨"的俄国写照。其艺术表现力，足以与安徒生的《卖火柴的小女孩》并列。据陀思妥耶夫斯基夫人回忆，从1879年复活节起，直到作家去世（1881年），不到两年的时间里，作家曾三次向孩子们朗诵这一短篇，受到孩子们的热烈欢迎。1885年这篇小说又以单行本的形式在圣彼得堡出版，到1901年，再版22次。这个不足五千字的短篇，几乎在世界各国都有译本。

　　《百岁人瑞》写的是真人真事。小说中那位年轻太太，就是陀思妥耶夫斯基夫人。这篇小说虽然短小，但含义深刻，体现了基督教的基本教义：爱他人和彼此相爱，在平凡中见出伟大，在平凡中体悟上帝对人的终极关怀，体悟永恒。

作者晚年很喜欢这篇小说，1883年曾与《在基督身边过圣诞节的小男孩》和《农夫马列伊》一起编成一本集子，在圣彼得堡出版。1885年，又与《农夫马列伊》一起出版单行本，至1900年，共五年，再版13次。

《判决》是个不足三千字的短篇，却富含哲理，富有论战性。它使我们想起《卡拉马佐夫兄弟》中伊万的"离经叛道"，也使我们想起《白痴》中的伊波利特以及《群魔》中的基里洛夫。他们都准备自杀，而且都有一套自己的"自杀理论"，看似荒诞，实则寓意深刻。他们之所以判处自己死刑，就是因为人世间的残酷、不合理和苦难。

我曾为《白痴》中译本写过一篇序《说不尽的陀思妥耶夫斯基》。陀思妥耶夫斯基是说不尽的，我们只是掀起一角，略窥一斑。

2012年3月17日

于北大承泽园

诚实的小偷

（摘自无名氏的回忆录）

有一天早晨，我已经完全准备好要去上班的时候，我的厨娘、洗衣妇和管家婆阿格拉费娜进来找我，使我惊奇的是，她居然同我攀谈起来。

她至今都是个沉默寡言、普普通通的娘们，除了每天问两句一日三餐吃什么以外，六年多来几乎没跟我说过一句话。起码，除此以外，我没听她说过任何话。

"先生，我找您有件事，"她突然开口道，"您不如把那间小屋租出去得了。"

"什么小屋？"

"就是挨着厨房的那间。不就是这么一间嘛。"

"干吗？"

"干吗，因为人家都找房客嘛！不就是因为这个吗？"

"谁会租它？"

"谁会租，房客会租呗！不就是房客嘛。"

"我的好大嫂，那里连张床也放不下呀，太挤啦，谁会住那儿呢？”

"干吗住那儿，只要有个地方能睡觉就成呗！而他可以睡窗台上嘛。"

"什么窗台上？"

"不就有一个窗台吗，倒像您不知道似的！就是外屋的那窗台。他可以坐在那里，缝缝补补或者随便做点什么。说不定，也可以坐椅子上，他有椅子，也有桌子，什么都有。"

"他究竟是个什么人呢？"

"好人，一个饱经风霜的人。我可以给他做吃的。房租加饭钱，每月一共收他三个银卢布……"

最后，我花了好大的力气才弄清，有个上了年纪的人，说动了阿格拉费娜，或者说怂恿阿格拉费娜让他住在厨房里，当名包伙的房客。凡是阿格拉费娜想做的事，就非办成不可，否则，我知道，她肯定会让我不得安生。一旦有什么事不合她的心意，她就会立刻开始心事重重，仿佛患了严重的抑郁症，而且这情况会持续两三周之久。在这段时间内，饭菜做得很糟，洗的衣物丢三落四，地板也没擦干净。总之，会发生许多麻烦。我早就发现，这个不爱说话的女人是不可能作出决定，并形成任何属于她自己的思想的。但是，假如在她这个思想简单的脑袋瓜里，一旦纯属偶然地形成了某种类似思想、类似主意的东西的话，假如不许她这么做，那无疑是若干时间内在精神上致她死命。因此我这个把个人安静看得重于一切的人，只能立刻表示同意。

"至少，他总该有个什么证件，护照或者别的什么吧？"

"那还用说！当然有。一个饱经风霜的好人；他答应付三卢布哩。"

第二天，我的简陋的单身汉住房里就出现了一个新房客；但是我并没有感到遗憾，甚至私下里还很高兴。我一般深居简出，完全像个隐修士。我几乎没有任何熟人，也难得外出。我过了十年离群索居的生活，当然习惯于孤身一人。但是十年，十五年，也许更多年头这么孤独地生活下去，老是同这样一个阿格拉费娜住在一起，老是住在这同样的单身汉公寓里，这当然是一个相当枯燥而又乏味的前景！因此在这种情况下多一个老实巴交的人来同住——真乃上天恩赐之福！

阿格拉费娜没说错：我这位房客果然是个饱经风霜的人。从护照看，他是个退伍老兵，就是不看护照，看脸，我也一眼就能看出他当过兵。要看出这点并不难。我的房客阿斯塔菲·伊万诺维奇是他那一类人中的佼佼者。我们相处得很好。但是最好的莫过于阿斯塔菲·伊万诺维奇善于讲故事，有时讲他的经历和身世。我的日子一向过得枯燥乏味，有他这么一个会讲故事的人，简直是万幸。有一回他给我讲了这么一个故事。这故事给我留下了某些印象。这故事是从何说起的呢，且听在下慢慢道来。

有一天我独自一人留在家里：阿斯塔菲和阿格拉

费娜都有事出去了。我突然听见另一个房间里似乎有人走了进去，而且，我觉得，是个陌生人；因此我走了出去：果然外屋里站着一个陌生人，是个个子不高的小伙子，尽管已是寒冷的秋季，仍穿着一件单薄的上衣。

"你有什么事？"

"我找一位官吏亚历山德罗夫，他住这儿吗？"

"没这人，老伙计，再见。"

"怎么看门人说在这里呢。"这位来访者说，小心翼翼地向门口退去。

"滚，滚，老伙计，快走。"

第二天午后，阿斯塔菲·伊万诺维奇正在给我试那件我请他改的上衣，又有一个人进了外屋。我稍稍打开了一点门。

昨天来过的那位先生，竟在我眼皮底下十分泰然地从衣架上取下我的男大衣，夹在腋下，走出了房间，扬长而去。阿格拉费娜一直看着他，惊讶得张口结舌，此外竟没采取任何措施来保护我那件男大衣。阿斯塔菲·伊万诺维奇紧随这个骗子之后追了出去，十分钟后，他气喘吁吁地空手而归。这人已消失得无影无踪！

"唉，真倒霉，阿斯塔菲·伊万诺维奇。好在外套给咱们留下了！要不然，咱们就崴泥了，这骗子！"

但是，这一切使阿斯塔菲·伊万诺维奇惊讶得那样，以至我望着他，都忘了被偷这件事了。他怎么也冷静不下来。他不时扔下手里的活计一次再次地从头讲起，这事是怎么发生的，那人怎么站着，怎么当着大家的面，就两步远，取下了大衣，而且这一切又是怎么搞的，连抓都抓不住。然后他又坐下来干活；然后又撇下一切；我还看见，最后，他怎么跑去找看门人诉说，并责备他居然让人家在自己的院子里干出这种事来。然后他又回来责骂阿格拉费娜。然后又坐下来干活，还自言自语地唠叨个没完，这整个事情是怎么发生的，那人在这儿怎么站着，而我在那里怎么眼睁睁地看着人家在两步远的地方取下了大衣，等等。总之，阿斯塔菲·伊万诺维奇虽然干活是行家，可是太爱磨蹭，也太爱管闲事了。

"咱俩让他给耍了，阿斯塔菲·伊万诺维奇！"晚上，我递给他一杯茶，对他说道，我想引他讲讲丢大衣的事来解个闷儿，这事经他一再重复，而他讲得又是那么真诚，开始慢慢地变得非常可笑了。

"可不是给耍了吗，先生！虽然丢的不是我的衣服。我看呀，世界上没有比小偷更坏的坏蛋了。虽然有人也爱白吃白拿，可这人偷的却是你的劳动，你的血汗，你的时间……真可恨，呸！我都不想说它了，一说就来气。先生，您丢了东西怎么不觉得可惜呢？"

"是的，此言有理，阿斯塔菲·伊万诺维奇；宁可把东西烧掉，可是让贼给偷走还是够让人恼火的，打心眼里不乐意。"

"哪能乐意呢！当然，贼与贼不同……我倒发生过一件事，先生，我碰到了一个诚实的小偷。"

"怎么会碰到诚实的呢！小偷怎么会诚实呢，阿斯塔菲·伊万诺维奇？"

"先生，这话也对！小偷怎么会诚实呢，根本就不会有这样的小偷。我只是想说，一个似乎诚实的人却偷了人家的东西。这样的人，真可惜呀。"

"这是怎么回事呢，阿斯塔菲·伊万诺维奇？"

"先生，这事发生在大约两年前。当时我丢了差事差不多有一年了，当我还有差事的时候，结交了一个穷愁潦倒的人。在小酒店里偶然认识的。他是个醉鬼，腐化堕落，游手好闲，过去在什么地方当过差，因酗酒无度早就被开除了公职。是个下三烂！天知道他穿了些什么。有时候你会不由得想，他的外套下面有没有衬衫；什么东西一到他的手，就都被喝光了。不过他倒不爱酗酒闹事；性格忠厚，对人和蔼可亲，心肠也好，从不求人，总觉得于心有愧似的。唉，我看到这个可怜虫酒瘾上来了，就递给他一杯酒。唉，我们就这样认识了，就是说，他缠住了我不放……我反正无所谓。这人呀，还真没法说！像只小狗似的缠住你不放，你上哪，他也跟你上哪；而我们不过一面之交，就这么个窝囊废！起先只是让他暂住一宿——唔，让他住一宿吧；我看到，他有正式护照，人也不错！后来，到第二天，又让他进屋住了一宿，可是第三天他又来了，整天坐在窗台上，这回也留下过夜了。唔，我想，他缠上了我：那就给他吃给他喝吧，还得让他过夜，像我这样一个穷光蛋，又添了个食客骑到我脖子上。而过去他也像到我这里来一样，常常去找一位在衙门里当差的主儿，缠上了他，总在一起喝酒；后来那主儿成了酒鬼，不知为了什么伤心事愁死了。而这人叫叶梅利亚①，叶梅利扬·伊里奇。我思前想后，我拿他怎么办呢？撵他走吧——不好意思，于心不忍。主啊，这么一个可怜巴巴的穷愁潦倒的人，他总是不言不语，也不伸手要什么，总是老老实实地坐着，不过总像只小狗似的望着你的眼睛，瞧，酗酒会把一个人全毁了！我暗自寻思，我对他怎么说呢：叶梅利扬

①　叶梅利扬的小名。

努什卡①，你快走吧；你待在我这里可不是办法；你找错了人；我自己都快没吃的了，我这点嚼裹儿怎能再养活你呢？我坐在那里想，如果我对他这样说了，他会怎么办呢？唔，我在心里想象，他听到我的这席话后，一定会长久地、呆呆地看着我，并且长时间地坐着，好像什么也没听懂似的，后来才似乎想明白了，从窗台上站了起来，拿起自己的包袱，就像我现在见到的，一个红底方格的破烂包袱，天知道里面包了些什么，而且走到哪都随身带着，接着就整整他那件破外套，以便不失体面，也为了暖和些，也为了不让人看见破洞，真是一个温文尔雅、彬彬有礼的人！然后他会拉开门，噙着眼泪，走到楼梯上。唉，总不能让这个人走投无路吧……我可怜起他来了！紧接着，我又想，我自己心里也不是滋味！且慢，我私下里寻思，叶梅利扬努什卡，你在我这里也享不了几天福了；我很快要搬走，那时候你就找不到我啦。唔，您哪，我们还当真搬了家；当时，我那位老爷（现在已经作古，

---

① 叶梅利扬的昵称。

愿他早升天国）亚历山大·费利波维奇对我说：阿斯塔菲，我对你很满意，等我们大家从乡下回来后，不会忘记你的，一定还用你。当时我在他家当管事——他是一个好老爷，当年就死了。唔，我们把他老人家送走之后，我拿了自己的一点积蓄，不多几个钱，我想，可以享几天清福了，于是乎搬到一个老太婆家，向她租了间小屋。而她总共只有半间空屋①。她从前在一家人家当保姆，现在单过，领一点抚恤金。唔，我想，现在再见啦，叶梅利扬努什卡，我的亲人，你再也找不到我啦！先生，你猜怎么着？我晚上回来（我去看望一位熟人），头一眼便看见叶梅利亚，他泰然坐在我屋里的木箱上，那个方格包袱就放在他身边，穿着那件破外套，在等我……因为无聊，还向老太太借了一本教会出的书，颠倒拿着。还是给他找到啦！见状，我灰心丧气。唉，我想，没法，谁让你起先不撵他走呢？我直截了当地问他：'护照带来了吗，叶梅利亚？'

---

① 　　这里的空屋，指一个房间隔成两半，另一半出租。

"先生，我立刻坐下来，开始琢磨：他这么一个四海为家的人，会给我带来很多麻烦吗？我考虑后认为，即使有点麻烦，也值不了几个钱。我想，他首先得吃饭。好吧，早上一小块面包，为了有滋有味些，加点下饭菜也行，那就买点儿葱；中午饭也给他一点面包和一点葱；吃晚饭也是一点葱加上一点格瓦斯①，再来点面包，如果想吃面包的话。②如果碰巧有什么菜汤，那我们俩就可以吃得饱饱的，大快朵颐。我本来就吃得不多，而一个爱喝酒的人，自然什么也不吃：他只要露酒和伏特加就成。我想，他嗜酒成癖非要了我的命不可，可这时候，先生，我又忽然产生了另一个想法，把我给吸引住了。如果叶梅利亚当真走了，我还真觉得活着没意思……当时我决心要做他的大恩人。我想，我要阻止他，不让他横死街头，我要让他不知酒杯为何物！我想，你且慢：唔，好吧，叶梅利亚，你就留下吧，不过你现在得听我一句劝，听从号令！

"我心里琢磨，现在我得先教会他干活，干什么

① 一种俄式的清凉饮料，类似于我国的酸梅汤。
② 隐喻俄国的一句成语：从面包吃到格瓦斯，聊以果腹。意为缺吃少穿，穷得叮当响。

活都行，先让他养成习惯，不过也不能操之过急；不如先让他消停会儿，然后我再乘机看看，找找，叶梅利亚，你到底能够干什么。因为，先生，一个人干任何事情首先得有做人的能耐才成。于是乎我开始暗中观察。我看呀：你简直是个亡命徒，叶梅利扬努什卡！先生，我先开始好言相劝：如此这般，我说，叶梅利扬·伊里奇，你先瞧瞧你那模样，再想方设法活出个人样来。再也不能晃来晃去地不干活啦！瞧你，穿着这身破烂，你那破外套，请恕我直言，都可以当筛子用啦——这不好！看来，该适可而止啦，要不然就不好意思啦。

"我那叶梅利扬努什卡坐着，耷拉着脑袋，听我好言相劝。你猜怎么着，先生！这人竟至于连舌头也喝光啦，连句像模像样的话也说不出来啦！你给他说东，他跟你说西！他听着我唠叨，听了很长时间，然后叹了口气。

"我问他：'你干吗叹气呢，叶梅利扬·伊里奇？'

"'随便叹口气，没什么，阿斯塔菲·伊万内奇，你放心。今天呀，有两个娘们，阿斯塔菲·伊万内奇，在街上打架，一个女人把另一个女人的一筐红果不小心给打翻了。'

"'因此另一个就故意把她的一筐红果也给打翻了，还用脚踩。'

"'唔，那又怎么样呢，叶梅利扬·伊里奇？'

"'没什么，您哪，阿斯塔菲·伊万内奇，我不过随便说说。'

"'没什么，您哪，不过随便说说，唉唉！'我想，'叶梅利亚，叶梅柳什卡呀！你把你那点脑子都喝没啦，玩光啦！……'

"要不就是'有位老爷在豌豆街，哦，不对，在花园街的人行道上弄丢了一张票子，一个男的看见了，说：我真运气；可这时另一个人也看见了，说：不，我真运气！我比你先看见……'

"'哎呀，叶梅利扬·伊里奇。'

"'这两个男的打了起来，阿斯塔菲·伊万内奇。巡警过来了，拾起那张票子，还给了老爷，他还威胁要把这两个男的带到岗亭去。'

"'唔，那又怎么样呢？又能让人从这件事中学到什么呢，叶梅利扬努什卡？'

"'我也不过随便说说，您哪。大伙儿笑了。阿斯塔菲·伊万内奇。'

"'唉唉，叶梅利扬努什卡！大伙儿又怎么啦！你把自己的灵魂三钱不值两钱地给卖啦。你知道，叶梅利扬·伊里奇，我想对你说什么吗？'

"'说什么，您哪，阿斯塔菲·伊万内奇？'

"'随便找个工作，真的，找个工作。我说一百遍了，找个工作吧，人要自重！'

"'我能找到什么工作呢，阿斯塔菲·伊万内奇？我真不知道我还能找到什么工作——没人要我，阿斯塔菲·伊万内奇。'

"'叶梅利亚，正因为你爱喝酒，所以才把你开除

公职的。'

"'可你瞧，今天把跑堂的弗拉斯叫到账房去了，阿斯塔菲·伊万内奇。'

"我说：'干吗叫他去呢，叶梅利扬努什卡？'

"'我也不知道干吗，阿斯塔菲·伊万内奇。既然叫他去，总有叫他去的道理嘛……'

"我想：'唉唉！咱们俩算完蛋啦，叶梅利扬努什卡！因为我们的罪孽，主会惩罚我们的！'唉，您说，先生，拿这样的人有什么办法呢！

"不过这人还真够狡猾的，可狡猾啦！他老听我唠叨，后来就听烦了，一看见我生气，就拿起他那件破外套，溜了——一去就无影无踪！在外面溜达了一天，傍晚才醉醺醺地回来。谁请他喝的酒，他打哪弄的钱，只有主知道，这可不是我作的孽！……

"我说：'不，叶梅利扬·伊里奇，你会吃大亏的！别喝啦，你听见了吗，别喝啦！下次要是再喝醉了回来，那你就在楼梯上过夜吧。别进我屋！……'

"我那叶梅利亚听到我的训示后，呆坐了一天，呆坐了两天，第三天就溜了。我等呀等呀，就是不回来！不瞒你说，等到后来我就害怕了，再说，我也怪可怜他的。我想，我对他也太厉害了！我把他吓跑了。唉，这个苦命人现在上哪了呢？说不定会走丢的，主啊，我的上帝！天黑了，他也不回来。第二天清早我走进外屋，一看，他躺在外屋。把头枕在入口处的小踏级上，躺着，都冻僵了。

　　"'你怎么啦，叶梅利亚？主啊！你上哪啦？'

　　"'阿斯塔菲·伊万内奇，您，这个，前两天生气了，你不高兴，发誓要叫我睡在外屋，因此我，这个，不敢进屋，阿斯塔菲·伊万内奇，就躺这儿了……'

　　"我真是又气又可怜他！

　　"'我说叶梅利扬，你哪怕另找个什么差事也行呀。干吗非得守着人家的楼梯呢！……'

　　"'能另找个什么差事呢，阿斯塔菲·伊万内奇？'

　　"我说：'你这人也真不可救药了（我简直气坏

了！），你哪怕学点做裁缝的手艺呢。瞧你那外套都破成什么样了！不但满是破洞，你都可以用它来扫楼梯啦！你哪怕拿根针，把那些破洞补补呢，该知道点体面吧。哎呀，你这醉鬼呀！'

"怎么样，先生！他听我这么说，竟拿起了针；我不过对他说句玩笑话罢了，可他却害怕了，拿起了针。他脱下外套，便开始纫针。我瞧着他；唔，不用说，他两眼满是眵目糊，红红的；两手发抖，怎么也控制不住！他纫呀纫呀——怎么也纫不进去；他使劲眨巴着眼，把线头吮湿了，在手里捻了捻——就是纫不进去！他只好撂下针，看着我……

"'好啦，叶梅利亚，你已经使我不胜感激啦！要是当着大伙儿的面，你非出乖露丑不可！要知道，我不过是对你这个老实巴交的人随便说句玩笑话，责备你两句……得啦，别造孽啦！好好儿坐着吧，别丢人现眼啦，以后也别睡在楼梯上啦，别丢我的脸啦……'

"'那有什么办法呢，阿斯塔菲·伊万内奇，我自己也知道我老是醉醺醺的，干什么都不行！……我只是让您，我的恩……恩人，白生气啦……'

"他说罢就嘴唇发青，发起抖来，一颗泪珠滚下他那苍白的面颊，一直颤悠悠地滚到他那没有刮过的颊须上，我那叶梅利扬突然泪如泉涌，大把大把的眼泪夺眶而出……老天啊！就像一把刀子捅进我的心坎似的。

"'唉，你呀，真没想到你是这么一个容易动感情的人！谁料得到，谁猜得到呢？'……不，我想，'叶梅利亚，要是我完全不管你，你非得像块破布头似的毁了不可！……'

"唉，先生，这还有什么好说呢！这整个事儿是那么平淡无奇，那么渺不足道，就是说，先生，打个比方说，为这种事，您连两个破铜板也不会给的，可我却不惜多给，如果我有很多钱的话，只要不发生这一切就行。先生，我有一条马裤，这裤子真他妈的好极了，蓝地方格，是一个到这里来的地主定做的，后来他又不要了，嫌瘦；因此这裤子一直留在我手里。我想：这可是件值钱的东西！拿到旧货市场去卖，说不定人家能给五个卢布哩，要不，我就拿它给彼得堡的老爷精打细算地改成两条裤子，剩下的布头我还可以给自己做件坎肩。您知道，对于我们穷哥们儿，什么都是好东西！而这时候叶梅利扬努什卡却如大难临头，闷闷不乐。我看：他第一天没喝酒，第二天没喝酒，第三天也滴酒未沾，没精打采，怪可怜见的，愁眉苦脸地坐着。唉，我想：这老伙计该不是没钱了吧，要不就是他走上了上帝的正道，洗心革面，听从了我的良言规劝。先生，这一切在当时就这样；当时正好赶上一个大节日。我去做彻夜祈祷，回来后发现——我的叶梅利亚坐在窗台上，醉醺醺的，东摇西晃。唉！我想，你这老小子呀，我算服了你了！然后不知道为什么我去打开了大木箱。一看，马裤没了！……我找来找去，无影无踪！唔，我把所有的地方都翻遍了，还是没有，我顿时心烦意乱起来！我跑去找房东老太太，先把她冤枉了一通，作了孽，至于对叶梅利亚，虽然他醉醺醺地坐在那里，虽然这就是罪证，却不曾猜想到！老太太说：'不，主保佑你，年轻人，我要你那马裤干什么，我能穿吗？前两天，我自己的一条裙子也丢了。大概被你的什么好哥们拿走了……哼，就是说，我不知道，我不晓得。'我说：'谁在这里了，谁来过？'她说：'谁也没来过，年轻人；我一直在家。叶梅利扬·伊里奇出去了一趟，后来又回来了。他不坐在那吗，你问他呀！'我说：'叶梅利亚，你是不是因为有什么需要，拿了我的新裤子，记得吗，就是给地主定做的那条？'他说：'没有，阿斯塔菲·伊万内奇，就是说，我没拿过这裤子，您哪。'

"这可怪了！我又开始寻找，找来找去，还是没有！可叶梅利亚却摇摇晃晃地坐在那里。先生，于是我就这样坐在他面前，挨着大木箱，蹲着，忽然拿眼睛瞅了他一眼……哎呀！我想：我心里腾地升起一股无名火；甚至连脸都气红了。忽然，叶梅利亚也瞅了瞅我。

"他说：'不，阿斯塔菲·伊万内奇，您那条马裤，这个……您也许以为……这个……这裤子我没拿，您哪。'

"'那它跑哪去了呢，叶梅利扬·伊里奇？'

"他说：'我没瞧见，阿斯塔菲·伊万内奇，我压根儿没瞧见。'

"'那是怎么回事呢，叶梅利扬·伊里奇，那么说，是它自己鬼使神差地忽然不见了？'

"'也许是它自己不见了，阿斯塔菲·伊万内奇。'

"我蹲在那里听他说完，就站起来，走到窗户跟前，点亮了油灯，便坐下来干活。给住在我们楼下的一名官吏改一件坎肩。而我自个儿的心里就跟着了火似的，在隐隐作痛。就是说，即使我把所有的衣服都拿出去生炉子，心里也会好受些。叶梅利亚大概也感觉到我心里在冒火。先生，如果一个人做了坏事，他打大老远就感到要倒霉了，就像天上的鸟在暴风雨前的感觉一样。

"'是这么回事，阿斯塔菲·伊万诺维奇，'叶梅柳什卡开口道（他说话的声音都在发颤），'今天，安季普·普罗霍雷奇医生跟马车夫（他不久前死了）的老婆结婚了……'

"我大概恶狠狠地瞅了瞅他……叶梅利亚明白了。我看到，他站起来，走到床跟前，开始在床边摸来摸去。我等着，但见他折腾了半天，一面在喃喃自语：'硬是没有，这坏蛋跑哪去了呢！'我等着看下文；我看到叶梅利亚两膝着地爬到了床下。我忍无可忍。

"我说：'叶梅利扬·伊里奇，您干吗两腿着地往里爬呀？'

"'看看有没有那条裤子，阿斯塔菲·伊万内奇。看看有没有掉到下面什么地方去了。'

"'您干吗，先生，'我说（气得对他用起了尊称），'您干吗，先生，对我这样一个普普通通的穷人费这么

老大劲呢；白白地挪动您那膝盖了！'

"'那有什么，阿斯塔菲·伊万内奇，我没事，您哪……好好找找，也许能找到也说不定。'

"'唔，'我说，'你听我说，叶梅利扬·伊里奇！'

"他说：'什么，阿斯塔菲·伊万内奇？'

"我说：'该不是你像个贼和骗子似的把它偷走了吧？难道我客客气气地请你吃请你喝，这就是你对我的报答吗？'是这么回事，先生，他两膝着地，在我面前，开始在地板上爬来爬去，使我的气不打一处来。

"'不，您哪……阿斯塔菲·伊万诺维奇……'

"而他保持原样，仍旧趴在床底下。趴了很长时间；后来爬了出来。我一看：满脸煞白，像床单似的。他站了起来，坐在我身旁的窗台上，就这么坐了大约十分钟。

"他说：'不，阿斯塔菲·伊万内奇……'他陡地站起来，走到我跟前，好像我现在看见似的，脸色可怕极了。

"他说：'不，阿斯塔菲·伊万内奇，您那马裤，这个，我没拿……'

"他浑身发抖，手指哆哆嗦嗦地戳着自己的胸部，声音也在发抖，抖得我，先生，都胆怯起来，吓得我贴近窗户，不敢动弹。

"我说：'好啦，叶梅利扬·伊里奇，随您便吧，如果我犯浑，冤枉了您，请您原谅。而马裤丢了就让它丢了吧；没马裤咱也完蛋不了。咱们都有手，谢天谢地，咱不会去偷人家的……也不会向别的穷人去乞讨；咱自己能挣钱糊口……'

"叶梅利亚听我说完以后，在我面前站了一会儿，然后他又坐下。他就这样坐了一晚上，动也不动；后来我去睡觉了，可叶梅利亚一直坐在原来的地方。直到第二天早晨，我一看，他管自躺在光光的地板上，蜷曲着裹在自己的破外套里；他自惭形秽，都不敢上床。唔，先生，从那时起我就厌恶他，就是说，一开头我恨透了他。这就像，打个比方说吧，亲生儿子把我偷了个精光，使我气极了。唉，我想：叶梅利亚，叶梅利亚啊！可叶梅利亚，先生，约莫有两星期天天喝得烂醉如泥。就是说，完全喝疯了，喝过了头。他一早出去，深夜回来，在两星期内我没听他说过一句话。就是说，当时大概他也很难过，或者在想方设法地自己折磨自己。终于，得，他不喝了，大概，所有的钱都喝光了，又坐上了窗台。我记得，他坐着，三天三夜一言不发；忽然，我一看：他在哭。就是说，先生，他坐着，在哭，哭得好伤心啊！就是说，简直像口泉眼似的，仿佛他自己都感觉不到他在流泪。可是先生，看到一个成年人，而且这人还是像叶梅利亚那样的老头，居然伤心得哭起来，还是让人看了很难受的。

"'你怎么啦，叶梅利亚？'我问。

"他浑身发起抖来。我也打了个寒噤。就是说，从那会儿以来，我还是头一回跟他说话。

"'没什么……阿斯塔菲·伊万内奇。'

"'上帝保佑你，叶梅利亚，算啦。你干吗像只猫头鹰似的老坐着呢？'我可怜起他来了。

"'是，您哪，阿斯塔菲·伊万内奇，我不是那个，您哪。我想找个活干，干什么都成，阿斯塔菲·伊万内奇。'

"'你想找个什么活呢，叶梅利扬·伊里奇？'

"'随便，随便什么活都成，您哪。也许像过去那样能找到个差事也说不定；我已经去求过费多谢伊·伊万内奇了……我惹您生气了，这不好，您哪，阿斯塔菲·伊万内奇。阿斯塔菲·伊万内奇，等找到差事以后（也许能找到的），我就把一切都还给您，您一直在管我吃，我要加倍奉还。'

"'得啦，叶梅利亚，得啦，唉，作了这个孽，唉——都过去啦！算啦！咱们还是照老样子过下去吧。'

"'不，您哪，阿斯塔菲·伊万内奇，您可能一直以为，那个……可我确实没拿您的马裤……'

"'好啦，随你便吧；主保佑你，叶梅利扬努什卡！'

"'不，您哪，阿斯塔菲·伊万内奇。看来，我不能再在您这里住下去啦。请您多多原谅，阿斯塔菲·伊万内奇。'

"'愿主保佑你，'我说，'谁得罪你啦，叶梅利扬·伊里奇，谁撵你走啦，难道是我吗？'

"'不，您哪，我再这样在您这里住下去就太不成话啦，阿斯塔菲·伊万内奇……我还是走好，您哪……'

"就是说他见怪了，认死理儿了。我望着他，他还当真站了起来，披上了破外套。

"'你，这个，上哪呀，叶梅利扬·伊里奇？你听我一句劝：你怎么啦？你能上哪呢？'

"'不，请原谅，您哪，阿斯塔菲·伊万内奇，您别拦我（他又呜咽起来）；我得离开这个是非之地，阿斯塔菲·伊万内奇。现在您也变得跟过去不一样了。'

"'怎么不一样？还是老样子嘛！你就像个不懂事的孩子，你一个人会完蛋的，叶梅利扬·伊里奇。'

"'不，阿斯塔菲·伊万内奇，现在您只要一离开，就把木箱锁上，而我看到这情形就哭了，阿斯塔菲·伊万内奇……不，您还是让我走好，阿斯塔菲·伊万内奇，咱俩住一起，多有得罪。请您多多原谅。'

"怎么办呢，先生？他走了。我等了一天，我想，晚上准回来！第二天没回来，第三天也没回来。我害怕了，感到心烦意乱；喝不下，吃不下，睡不着。这人把我弄得完全没主意了！第四天我就出去找他，所有的小酒馆我都进去看了，问遍了——硬是找不着他，叶梅利扬努什卡失踪了！'你这苦命人能平平安安的吗？'我想，'也许醉倒在人家的围墙旁断了气，现在像段烂木头似的躺那儿了。'我半死不活地回到了家。第二天我决定再去找找。我诅咒自己，我怎么能让这么一个死心眼儿的人离开我，随便出去呢。可是我一看：

天刚亮，在第一天（那天是节日），房门吱扭吱扭地响了。我看到叶梅利亚走了进来：面如土色，好像露宿街头，头发肮脏，整个人都瘦了，像根劈柴棍似的；他脱下外套，挨着我坐到木箱上，望着我。我很高兴，可是我心头的烦恼却远胜从前。是这么回事，先生，如果是我犯了这样的罪过，那我，说真的，宁可像狗一样死掉，也不回来。可是叶梅利亚回来了！唔，自然，看到别人处在这样的境地，心里很不是滋味。我开始好言抚慰他，安慰他。我说：'叶梅利扬努什卡，你回来了，我很高兴。你要是晚回来一步，今天我又要上小酒馆去找你啦。你吃了吗？'

"'吃了，您哪，阿斯塔菲·伊万内奇。'

"'得啦，真吃了？我说老伙计，还剩下一点昨天吃剩的菜汤；是牛肉汤，不是素的；给，还有点葱和面包。我说，你吃吧：这汤养人，不是可吃可不吃的。'

"我递给了他，唔，我立刻看到，这人也许整整三天没吃过东西了，胃口好得惊人。这说明，是饥饿逼迫他来找我了。我望着他怪可怜见的，怜惜之情油然而生。唉，我想，我到小酒铺去跑一趟吧，给他拿点酒来驱忧解愁，然后就此罢手，再不喝了！我再不生你的气啦，叶梅利扬努什卡！我拿来了酒。我说：'给，叶梅利扬·伊里奇，为了过节，咱干一杯，想喝吗？这酒养人。'

"他伸出了手，那么贪婪地伸出了手，已经要拿了，可是又停了下来，我等了片刻，我看见：他拿起来，凑到嘴边，酒洒在袖子上。不，拿到了嘴边，可是又立刻把酒放到桌上。

"'怎么啦，叶梅利扬努什卡？'

"'不行；我，那个……阿斯塔菲·伊万内奇。'

"'你难道不喝酒了？'

"'阿斯塔菲·伊万内奇，我已经……再不喝了，阿斯塔菲·伊万内奇。'

"'怎么啦，你已经全戒了，叶梅柳什卡，还是就

今天不喝？'

"他不吭声。我一看：过了会儿，他把脑袋伏在胳臂上。

"'你怎么啦，该不是病了吧，叶梅利亚？'

"'是的，有点不舒服，阿斯塔菲·伊万内奇。'

"我扶着他，让他躺到床上。一看，病情还真不轻：脑袋发烧，忽冷忽热，浑身发抖。我在他身旁坐了一天；夜里，病情就恶化了。我把格瓦斯加了黄油，拌了点葱，又撒了点面包渣。唔，我说：'喝点面包渣汤吧，说不定会好些！'他摇头，说：'不，今天我不吃饭了，阿斯塔菲·伊万内奇。'我又给他沏了点茶，把老太太都忙坏了，还是丝毫不见好转。唔，我想，坏了！第三天早晨，我就去找医生。这里住着一个我认识的医生科斯托普拉沃夫。还在从前，我在博索米亚金老爷家当差的时候，我们就认识了；他给我看过病。医生来了，看了看。他说：'不，情况不好。根本没必要来请我。行吧，给他开点药面儿吧。'唔，我没让他吃药面；我想，这是医生在开玩笑；然而转眼到了第五天。

"他躺在我面前，先生，已经奄奄一息，我坐在窗台上，手里在干活。房东老太太生上了炉子。我们都一言不发。先生，我的心都为他，为这个胡来的人碎了：倒像我在给亲生儿子送终似的。我知道现在叶梅利亚正在看着我，打一大早起，我就看到，他在硬挺着，想说什么话，可是看得出来，想说又不敢说。最后我又瞅了他一眼：这个可怜的人两眼满是忧伤，目不转睛地盯着我；他看到我在看他，立刻又垂下了眼睛。

"'阿斯塔菲·伊万内奇！'

"'什么事，叶梅柳什卡？'

"'打个比方，假如把我那件旧外套拿到旧货市场上去卖，人家能给多少钱呢，阿斯塔菲·伊万内奇？'

"我说：'唔，我不知道能给多少。也许能给张三卢布的票子吧，叶梅利扬·伊里奇。'

"真要拿去卖的话，也许一个子儿也不给，除了挨人家一顿呲儿以外，这么一件破烂还卖?! 不过对这么一个神痴[1]，因为我知道他那傻乎乎的脾气，只能这么说来安慰安慰他了。

"'我倒以为，阿斯塔菲·伊万内奇，人家会出三个银卢布[2]；这可是呢子的呀，阿斯塔菲·伊万内奇。既然是呢子的，哪能就给三卢布纸币[3]呢?'

"我说:'我不知道，叶梅利扬·伊里奇；既然你想拿去卖，当然，一开口可以先要三个银卢布。'

"叶梅利亚沉默了片刻；后来他又叫我:

"'阿斯塔菲·伊万内奇!'

"'什么事，叶梅利扬努什卡?'我问。

"'我死后，您可以把我这件外套给卖了，埋葬我的时候就甭穿它了。我这样躺着就可以了；这可是一件值钱的东西；可能对您有用。'

"先生，这时，我的心痛苦地收紧了，话也说不出来。我看到临死前的烦恼正在使他痛苦。又是黯然不

①　一译圣愚。俄俗:指一些据说能预言未来的疯疯癫癫的正教徒。这里转意为傻乎乎的人。
②　银币的币值大大高于纸卢布。
③　三卢布纸币仅合75戈比银币。

语。这样过去了一小时。我重新看了看他：他一直望着我，可是当他的目光与我相遇时，他又垂下了眼睛。

"'您不想喝点水吗，叶梅利扬·伊里奇？'我问他。

"'给我一点吧，主保佑您，阿斯塔菲·伊万内奇。'

"我给他喝水。他喝了点儿。

"'谢谢您，阿斯塔菲·伊万内奇。'他说。

"'你还要什么东西吗，叶梅利扬努什卡？'

"'不要，阿斯塔菲·伊万内奇，我什么也不要；可我，那个……'

"'什么？'

"'这个……'

"'到底什么呀，叶梅柳什卡？'

"'那马裤……这个……当时，是我拿的……阿斯塔菲·伊万内奇……'

"'好啦，'我说，'主会宽恕你的，叶梅利扬努什卡，你这么一个苦命人，你的命好苦啊！你好好儿走吧……'可我自己，先生，气都喘不过来了，扑簌簌的眼泪夺眶而出；我只能暂时把头扭了过去。

"'阿斯塔菲·伊万内奇……'

"我看叶梅利亚有什么话要对我说：他支起了身子，费了老大劲，嘴唇翕动着……陡地，他满脸涨得通红，看着我……我忽然看见：他的脸又白了，而且越来越白，刹那间形销骨立，完全凋谢了；他的头往后一仰，吐出一口气，立刻把灵魂交给了上帝。"

新年晚会与婚礼

（摘自无名氏的回忆录）

前不久，我看见一场婚礼……但是不！最好，我还是先从新年晚会说起。婚礼很美，我很喜欢，但是另一件事更美。我瞧着婚礼，不知怎么就想起了那次新年晚会。事情的经过是这样的。大约整整五年前，在新年前夕，我应邀参加了一次儿童舞会。邀请人是位著名的生意人，关系众多，交游广阔，老谋深算，因此可想而知，儿童舞会不过是借口，以便为人父母者能够欢聚一堂，仿佛自然而然，而又纯属偶然，无心地谈一些彼此感兴趣的话题。我是个不相干的人；我也没有任何话题要谈，因此我游离于大家之外，相当随便地度过了这个晚上。当时还有一位先生，看来也不是名门望族出身，但是他也像我一样参加了这次家庭欢聚……他首先扑入了我的眼帘，引起我的注意。这是位又高又瘦的男人，神态极严肃，衣着也极讲究。但是看得出来，他根本无心参与家庭欢聚这样的赏心乐事：每当他走到一旁的犄角里，他就立刻收敛起笑容，皱起自己黑黑的浓眉。除了东道主以外，他在整个舞会上没有一个熟人。看得出来，他感到非常无聊，但是他还是勇敢地把自己的角色坚持到底，摆出一副十分快活和开心的样子。后来我才打听到，这位先生来自外省，他在京城有一件很要紧和很伤脑筋的事要办。他给我们的东道主带来了一封介绍信，我们的这位东道主也答应照应他，不过根本不是con amore①，而是出于礼貌才邀请他来参加他自家举办的这次儿童舞会的。大家既不同他玩牌，也不向他敬雪茄，谁也不同他交谈，大概从老远就根据羽毛认出他是只什么鸟，因此我的这位先生为了使自己的两只手有处可放，只好整个晚上抚摩自己的颊须。他的颊须的确非常美。但是他抚摩自己的胡须也抚摩得太爱不释手了，以至看着他那模样，不由得会使人顿生遐想，大概世界上先有这胡子，然后再给这胡子配上这位先生去抚摩它。

除了以这种方式参加东道主（他有五个胖小子）家庭欢聚的这个人以外，我还看上了另一位先生，但是，这一位的性质已经完全不同。这是一位要人。他叫尤

---

① 意大利语：出于爱。

利安·马斯塔科维奇。一眼就看出，他是主人请来的贵客，他同主人的关系就像主人同摸胡子的那位先生的关系一样。男主人和女主人向他说了数不清的客套话，招待他，请他喝酒，巴结他，把自己的客人领到他跟前，给他介绍，可是却不把他引见给任何别的人。我发现，当尤利安·马斯塔科维奇评价晚会时谈到，他难得如此愉快地欢度时光时，主人的眼睛里闪出了泪花。有这样的要人在场，我不知道怎的感到很可怕，因此，我欣赏了一下孩子们以后就走进了小客厅（小客厅里空无一人），坐进了女主人那座占了整个房间几乎一半的花亭。

孩子们都非常可爱，尽管家庭女教师和妈咪们一再关照，他们还是坚决不肯学大人的样。他们霎时间就把新年枞树上的糖果和玩具拿了个精光，一块糖果都不剩，还没弄清楚什么玩具给什么人以前，就把一半的玩具弄坏了。特别漂亮的是一个小男孩，鬈发，黑眼睛，他老想用自己的木头枪向我开枪射击。但是最惹人注意的还是他的姐姐，一个十一二岁的小姑娘，像小爱神①一样漂亮极了，文静而又若有所思，面色苍白，生着一对凸起的若有所思的大眼睛。大概孩子们欺负了她，因此她跑到我坐的那间小客厅里来，在一个犄角里玩自己的洋娃娃。客人们肃然起敬地指着她父亲——一个富有的包税商，并有人悄声道，已拨出三十万卢布做她的陪嫁。我转过身来瞧了一眼对此情况颇感兴趣的人们，于是我的目光落到了尤利安·马斯塔科维奇身上，他背着双手，微微侧着脑袋，似乎在非常注意地倾听这些先生海阔天空的闲聊。然后开始给孩子们分发礼物，我不能不钦佩东道主夫妇的英明。那个已经有三十万卢布陪嫁的小女孩得到了一个最华丽的洋娃娃。然后，视这些幸福的孩子的父母的级别逐一降低，礼物也相应递降。末了，最后一个孩子，一个七岁左右的小男孩，瘦瘦小小，脸上有几粒雀斑，红头发，只得到了一本故事书，讲自然界的壮美，令人叹为观止，感动得泫然泪下，等等，既没有

① 一译阿摩耳（或作厄洛斯）。他的形象是个裸体美少年，长着金翅膀，弯弓搭箭，背着箭筒，有时手持火炬。

插图，甚至篇头篇尾也没有小花饰。他是东道主家孩子们的家庭女教师、一个穷寡妇的儿子，这孩子备受歧视，畏畏缩缩。他穿着一件用劣质土布做的上衣。他拿到书以后长时间地围着其他玩具走来走去；他非常想跟其他孩子一起玩，但是又不敢；看来，他已经感觉到和懂得自己地位低下。我很喜欢观察孩子。他们在生活中初次的独立表现是非常有意思的。我发现，那个红头发的小男孩禁不住其他孩子的贵重礼物的诱惑，尤其是演戏，他非常想在其中扮演一个角色，因此不惜低三下四地巴结他们。他笑嘻嘻地讨好别的孩子，把自己的苹果送给一个面孔浮肿的小男孩（这小男孩用手帕包了一包小礼品），甚至决定让一个男孩骑在他背上，只要不把他赶走，让他演戏就成。可是过不了一会儿，一个调皮的小男孩却把他狠揍了一顿。这男孩不敢哭出声来。这时，他妈妈，那个家庭女教师来了，让他别妨碍别的孩子游戏，于是这孩子就走进有小女孩的那间小客厅。她让他陪她玩，于是俩人就十分热心地给那个贵重的洋娃娃打扮起来。

我在那个挂满常春藤的亭子里已经坐了约莫半小时了，我听着那个红头发的小男孩和那个有三十万卢布陪嫁的美丽女孩（他们俩正忙着玩洋娃娃）在小声说话，几乎打起盹来，这时尤利安·马斯塔科维奇忽然走进了这屋子。他利用孩子们在争吵，闹得不可开交的机会，悄悄地走出了大厅。我发现，大约一分钟前，他还在同刚刚结识的未来的阔新娘的爸爸非常热烈地谈论某一职务优于另一职务，现在他却若有所思地站着，似乎在扳着手指计算什么事儿。

"三十万……三十万。"他悄声道，"十一……十二……十三，等等。十六——还有五年！假定年息四厘——就是一万二，乘以五，就是六万，再拿这六万……唔，假定再过五年，就总共有四十万。可不是嘛！这……这骗子，肯定不止四厘！说不定是八厘，九厘。唔，那就是五十万吧。那，还是往少里说，这是十拿九稳的；唔，再加上一应穿戴，唔……"

他想完后，擤了擤鼻涕，已经想从房间里走出去了，突然看了看小女孩，便停了下来。因为有盆栽的花木挡着，他没有看见我。我觉得他似乎非常激动。要不就是他的如意算盘在他身上起了作用，要不就是另有他故，他搓着两手，魂不守舍，坐立不安。当他停下来，再次向那个未来的新娘投去一瞥坚决的目光时，他那激动的神态增加到了 nec plus ultra①。他刚要向前移动，但是又向四周先看了看。然后他踮起脚，好像问心有愧似的开始走近那个孩子。他笑吟吟地走到她身边，弯下腰，亲吻了一下她的脑袋。那小女孩没有料到这突然袭击，吓得叫了起来。

"您在这儿干什么呀，好孩子？"他悄声问，一边打量着周围，轻轻地拍打着小姑娘的脸蛋。

"玩……"

"啊？跟他？"尤利安·马斯塔科维奇斜过眼去瞟了那男孩一眼。

"宝贝，你该到大厅去。"他对男孩说。

① 拉丁语：极致，无以复加。

那男孩睁大了眼睛，默默地望了望他。尤利安·马斯塔科维奇又看了看周围，又向那小姑娘弯下了腰。

"您这是什么呀，好孩子，洋娃娃？"他问。

"洋娃娃。"小姑娘皱着眉头，好像有点胆怯地回答道。

"洋娃娃……好孩子，您知道，您这娃娃是用什么做的吗？"

"不知道……"小姑娘小声回答道，完全低下了头。

"是用布做的，宝贝。你该到大厅去，找你的同伴们玩，孩子。"尤利安·马斯塔科维奇严厉地看了看那男孩，说道。小女孩和小男孩皱了皱眉头，彼此抓住对方的手。他们不愿意分开。

"您知道为什么送给您这个洋娃娃吗？"尤利安·马斯塔科维奇问，声音越来越低。

"不知道。"

"因为您整整一周来一直是个又可爱又听话的

孩子。"

这时尤利安·马斯塔科维奇激动到了无以复加的地步，看了看四周，然后声音越压越低，终于用激动和焦急得近乎完全听不见的声音问道：

"亲爱的小姑娘，以后我倘若到您父母这儿来做客，您会爱我吗？"

尤利安·马斯塔科维奇说完这话后，想再一次亲吻一下这个可爱的小姑娘，但是红头发的小男孩看到她简直要哭了，于是就抓住她的两只手，出于对她的满腔同情，竟啜泣起来。尤利安·马斯塔科维奇这一气可非同小可。

"滚，滚开，滚！"他对小男孩说，"滚到大厅去！滚到你自己的同伴们那儿去！"

"不，不要，不要！您滚开，"小姑娘说，"他不走，他不走！"她说，差点完全哭出来了。

有人在房门口发出了响声，尤利安·马斯塔科维奇立刻抬起他那魁梧的身躯，吃了一惊，但是红头发的小男孩比尤利安·马斯塔科维奇害怕得更厉害，他撇下小姑娘，贴着墙根，从小客厅走进了餐厅。为了不引起别人怀疑，尤利安·马斯塔科维奇也向餐厅走去。他满脸通红，红得像个大虾米，照了一眼镜子，仿佛自己看到自己的这副窘态都觉得不好意思似的。也许，他因为自己的急躁和迫不及待感到不胜懊丧，也许，起先，他屈指一算，自己都吃了一惊，这数目太吸引人了，也太鼓舞人了，以至他不顾自己道貌岸然的贵客身份，竟像个小男孩似的贸然行动，向自己的对象直接进攻，尽管这对象要成为真正的对象，起码还要再过五年。我跟在这位可敬的先生之后走进了餐厅，看见了一个奇怪的景象。尤利安·马斯塔科维奇又气又急，满脸通红，正在吓唬红头发的小男孩，小男孩则步步后退，吓得都不知道往哪儿躲了。

"滚，你在这儿做什么，滚，混账东西，滚！你在这里偷水果，是不是？你在这里偷水果？滚，混账东西，滚，拖鼻涕的家伙，滚到你的同伴们那儿去！"

那小男孩吓坏了，决定采取不得已的措施，钻到了桌子底下。于是这个压迫者勃然大怒，掏出自己长长的麻纱手帕，开始抽打钻进桌子下面的那个忍气吞声、老实巴交的小孩。必须指出，尤利安·马斯塔科维奇这人有点胖，他是个脑满肠肥、红光满面、身体壮实、大腹便便、长着两条肥硕大腿的人。总之，是一个所谓五大三粗的人，滚瓜溜圆，像颗大核桃。他汗流浃背，气喘吁吁，满脸涨得通红。最后，他几乎怒不可遏，愤怒极了，也许（谁知道呢？）是嫉妒极了。我开始放声大笑。尤利安·马斯塔科维奇回过头来一看，尽管他位高权重，还是满面羞惭，无地自容。这时主人从对面的房门走了进来。小男孩也从桌子底下钻了出来，拍干净了自己的两膝和胳膊肘。尤利安·马斯塔科维奇急忙把抓在手里、捏着一只角的手帕拿到鼻子跟前，假装要擤鼻涕。

主人有点莫名其妙地望了望我们仨；但是他是一个阅历颇丰、办事又很认真的人，就立刻利用了单独逮住自己客人的这一机会。

"就是这孩子，您哪，"他指着红头发的小男孩说，"关于他，我已有幸向您提出请求……"

"啊？"尤利安·马斯塔科维奇回答，他还没有完全恢复常态。

"他的母亲是我孩子的家庭教师，"主人用请求的口吻继续道，"是一个穷女人，寡妇，一个很正派的官吏的妻子；因此……尤利安·马斯塔科维奇，如果可能……"

"啊，不，不行，"尤利安·马斯塔科维奇急忙叫道，"不行，请您原谅，菲利普·阿克列谢耶维奇，无论如何不可能，您哪。我查询过，没有空额，即使有，那个空额也有十个比他更有权利而且是大得多的权利的人等候补缺……很遗憾，非常遗憾……"

"很遗憾，您哪，"主人重复道，"这孩子很老实，很文静……"

"依我看，一个淘气包，"尤利安·马斯塔科维奇歇斯底里地撇了撇嘴，答道，"滚，浑小子，你站在这里干什么，到自己的同伴们那儿去！"他对那孩子说。

这时他似乎忍不住了，斜过一只眼睛瞥了我一眼，我也忍不住，直视着他的眼睛哈哈大笑。尤利安·马斯塔科维奇立刻转过身去，我听得相当清楚：他问主人，这个奇怪的年轻人是干什么的？他们开始窃窃私语，走出了房间。后来我看见，尤利安·马斯塔科维奇一面听主人讲话，一面不信任地摇着头。

我笑够以后走进了大厅。那里，这位大人物，被众多的男女家长，男主人和女主人包围着，正在热烈地向一位他刚被引见的太太说着什么。这位太太拉着一个小女孩的手，这小女孩就是十分钟前尤利安·马斯塔科维奇有缘在小客厅里与之邂逅的那个小女孩。现在他正在滔滔不绝和眉飞色舞地夸奖这个可爱的孩子的美丽、富有才华、优雅和很好的教养。他分明在讨好她妈妈。她母亲则几乎噙着狂喜的眼泪在听他的恭维。她父亲也咧开嘴在笑。主人看到大家都很高兴，也十分开心。所有的客人也都有同感，甚至孩子们的游戏也停了下来，以免影响大人们说话。整个气氛充满了敬仰之情。我后来又听到那个美丽的小姑娘的深受感动的妈妈，用经过精心挑选的词句请求尤利安·马斯塔科维奇惠予赏光，到他们家做客，她将感到不胜荣幸；我也听到，尤利安·马斯塔科维奇怎样怀着由衷的喜悦接受了这一邀请；后来客人们又怎样彬彬有礼地四散回家，彼此大为感动地对包税商夫妇，对那个小女孩，尤其是对尤利安·马斯塔科维奇赞不绝口。

"这位先生结婚了吗？"我几乎大声地询问我的一位站在离尤利安·马斯塔科维奇最近的熟人。

尤利安·马斯塔科维奇向我投过一瞥凝神注视的、恶狠狠的目光。

"没有！"我的那位朋友回答我道，对我故意做出这种不分时间、地点的鲁莽行动深感扫兴。

不久前，我走过某教堂；人来车往，热闹非常，使我深感诧异。周围都在谈论这儿正在举行的婚礼。这天天色阴霾，下起了毛毛雨；我跟着人群挤进了教堂，看到了新郎。这是一个脑满肠肥、大腹便便、滚瓜溜圆的小矮个儿，穿得极其光鲜和华丽。他正在跑来跑去，忙前忙后，发号施令。终于有人七嘴八舌地说，新娘接来了。我挤过人群，看见了一位风华绝代、含苞待放的美人儿。但是这美人面色苍白，郁郁寡欢。她的神态有点迷惘；我甚至觉得，她的眼睛红红的，好像刚哭过。她的脸庞的每个细部都有一种古典美人的严整，因而使她的美另具一种庄重、肃穆的神态。但是透过这严整与庄重，透过这郁郁寡欢，依旧透露出妙龄少女的稚气而又天真的容颜；流露出某种极端天真，尚未完全定型，散发着少女气息的东西，似乎不请自来、自然而然，而又楚楚可怜。

据说，她刚满十六岁。我定睛望了一眼新郎，忽然认出这就是我整整五年没见过的那位尤利安·马斯塔科维奇。我又望了望她……我的上帝！我又开始匆匆地挤出教堂。人群中有人说，新娘很有钱，新娘的陪嫁就有五十万……光是嫁衣就值多少多少……

"不过这算盘还打得真不赖！"我想，我终于挤到了街上……

小英雄

当时我差一点儿就十一岁了。七月份我放了假，到莫斯科近郊的一座村庄做客，小住在我的一位亲戚Ｔ家。当时他家来了许多客人，有五十来名，也许还要多一些……我不记得了，也没有数过。当时热闹而又快活。真像只有开头，永远也不会结束的一个节日。似乎，我们的主人发誓要尽快把自己的巨额财产挥霍光，不久前，他终于成功地证实了这一揣测，也就是说他挥霍掉了一切，挥霍得精光，挥霍得一干二净，直到最后一根劈柴棍。时时刻刻都有新客人络绎不绝地前来，莫斯科近在咫尺，抬头就能看见，因此一些客人走了，只是给另一批人让位，而节日般的欢宴照常进行。各种娱乐活动不断地花样翻新，好像看不到底似的。时而成群结队地骑马出游，到郊外踏青，时而到松林或者河畔漫游；时而举行野炊，在郊外吃午餐；时而在家里的大露台上举行晚宴，露台上陈列着三排名贵的花卉，使夜晚的新鲜空气散发着浓郁的芳香，我们的女士们本来就几乎一个个美若天仙，在灿烂的灯光下则显得更加美艳动人，白天的尽情欢乐使她们的脸蛋更加容光焕发，她们的眼睛是那么亮，只听见她们七嘴八舌一片欢声笑语，不时发出银铃般清脆的笑声；此外，又是跳舞，又是音乐，又是唱歌；如果阴霾满天，就在家里编些活画①、字谜和谚语；举办家庭演出。有的是伶牙俐齿的人，会讲故事和会说俏皮话的人。

有些人树大招风，特别突出地显现在前景上。于是就不免有人会说坏话和散布流言蜚语，因为没有这些世界就没法存在，千千万万人就会烦闷得像苍蝇一样大批死亡。但是因为当时我还只有十一岁，我感兴趣的事跟大家完全不一样，因此我当时根本就没有注意这些人物，即使注意到了什么，也不是当时的全貌。直到后来才回忆起了一鳞半爪。此情此景，只有灿烂辉煌的一面才能扑进我那童稚的眼帘，还有那种普遍的欢腾、炫目的光彩和热闹的场面——我前所未见、前所未闻的这一切，使我大为震惊，因此在头几

---

① 　　无声无动作的雕塑剧，一种戏剧小品，犹如我国京剧舞台上的亮相。

天我完全目迷五色，我那颗小脑袋也天旋地转起来。

　　但是我现在讲的都是我十一岁时的所见所闻，当然我还是个小孩，充其量不过是个孩子而已。这些如花似玉的女人中的许多人，在跟我亲热的时候，也没想到问问我的年龄。但是——这事也怪！——一种我自己都弄不明白的感觉竟然控制住我；某种感觉在抓挠着我的心，可是迄今为止我的心对这种感觉还是陌生的，未尝体验过的；但是，有时候我的心却会因此而燃烧起来，怦怦乱跳，仿佛受了惊吓似的，而且常常会陡地满脸绯红。有时候我不知怎的会害起羞来，甚至对自己因为是孩子而受到的种种优待觉得气人。有一回，我感到很惊奇，仿佛这种惊奇的心情把我压倒了，因此我就跑到一个大家看不见我的地方，似乎想喘口气，回想一些事，这些事我觉得我本来记得很清楚，可是现在却突然忘记了，但是记不起来我就暂时不能露面，无论如何非把它想起来不可。

　　最后，我感到我好像还有什么事情瞒着大家，但是这事我绝对不会告诉任何人，因为像我这样的小不点儿也会羞得抬不起头来的。很快，在我周围的这阵旋风中，我感到了某种孤独。这里也有一些其他孩子，但是所有的孩子——或者比我小得多，或者比我大得多；再说，我对他们也不感兴趣。当然，要不是我的情况特殊，也许我什么事情也不会发生。在如花似玉的女士们看来，我还是那个没有定型的小东西，她们有时候爱同我亲热亲热，也可以把我当作洋布娃娃似的同我玩玩。尤其是其中有一位迷人的金发女郎，长着一头十分浓密的秀发，这样的秀发我以后再也没有见过，大概永远也不会再见了。她似乎发誓要让我不得安生。她出语尖刻，行为乖戾，常常对我恶作剧，以致引起周围一片哄笑，这笑声似乎使她很开心，可是却使我很窘，看来，这给她很大乐趣。在贵族女子中学里，她的女同学想必会管她叫"爱淘气的小学生"。她长得漂亮极了，在她的美中有某些东西，能使人乍一见就心旌摇曳，目眩神迷。她不同于那些羞答答的娇小的金发女郎，白如绒毛，柔弱如小白鼠或者如牧师家的女儿。她个子不高，身材略显丰腴，但是面容柔顺、秀丽，妩媚动人。这张脸上有某种闪电般光彩照人的东西，而且她整个人——就像一团火，活泼、敏捷而又轻盈。她那对人坦诚的大眼睛里似有火星在迸溅；它们像钻石一样发光，而且我永远也不肯用这种迸射出火星的蓝眼睛去交换一双黑眼睛，哪怕它们比安达卢西亚①女人最黑的眼珠还黑，再说，我的那位金发女郎，也可与那位著名而又异常优美的诗人曾经讴歌过的那位有名的黑发女郎媲美——那位诗人还在他那优美的诗篇中以整个卡斯蒂拉①起誓，只要允许他用指尖碰一下这位美人的披肩，哪怕粉身碎骨也心甘情愿。而且，我那位美人儿是世界上所有的美人中最快活、最任性、最爱笑、像孩子般最爱玩爱闹的，尽管她出嫁已经快五年了。她的嘴上永远带着笑，她的鲜艳的嘴唇就像清晨的玫瑰一样娇艳欲滴，随着第一缕阳光刚刚绽开殷红、芬芳的蓓蕾，花瓣上还残留

① 安达卢西亚是西班牙南部的山名和地区名。
② 卡斯蒂拉是西班牙比利牛斯半岛中部存在于11—15世纪的古王国。

着一滴滴清凉的大露珠。

　　记得我到这里以后的第二天，举行了一次家庭演出。客厅里可以说被挤得水泄不通，没有一个空位子；可是，我不知道由于什么原因迟到了，所以只好站着看戏。但是欢乐的表演越来越吸引人，我不断地往前移动，不知不觉就挤到了前排，终于将胳膊肘支在一张坐着一位太太的椅子的椅背上，站住了。这位太太就是我说的那位金发女郎，但是我们还不认识。可我却在无意中出神地欣赏起她那圆润而又迷人的丰满的双肩，白得就像沸腾的牛奶泡沫一样，虽然对我来说，看什么完全无所谓：看美丽的女人肩膀，还是看坐在头一排某位可敬的太太用来掩盖白发、缀有火红色缎带的包发帽。金发女郎旁坐着一位青春不再的老处女，后来我不止一次地发现，这帮老处女总爱尽可能近地挨着年轻漂亮的女人，而且总是挑选那些不爱把青年男子从身边赶走的主儿。但是问题不在这里；不过这老姑娘偷觑到我在看什么，便向自己的邻座侧过身去，吃吃笑着，对她悄声地耳语了一句什么。邻座的那位漂亮太太猛地回过头来，我记得，在昏暗中她那火热的目光向我一闪，由于我对此毫无思想准备，就像被火燎着了似的打了个哆嗦。那位漂亮太太莞尔一笑。

"他们的演出，您喜欢吗？"她问。狡狯而又嘲弄地望了望我的眼睛。

"喜欢。"我回答，仍旧赞赏地望着她，显然，她也很喜欢我这种赞美的目光。

"您干吗站着？这样会累的。难道您没座？"

"可不嘛，没座。"我回答，这一回我更感兴趣的是这位漂亮太太的关切，而不是她那勾魂摄魄的明媚的眼睛，我非常高兴，终于找到了一个可以向她倾吐自己苦衷的好心肠的人。"我已经找过了，可是所有的椅子都坐满了人。"我又加了一句，倒像所有的椅子都有人占了，我向她诉苦似的。

"到这儿来，"她爽快地说，她很快就作出决定，似乎那任性的头脑里不管闪出什么疯狂的念头，她都能当机立断似的，"到这儿来，坐在我腿上。"

"坐在腿上？……"我不知所措地重复道。

我已经说过，我享受到的特权，开始使我感到很气人，也很羞愧。而这位，好像存心拿我打哈哈，又与旁人不同，做得过了头。再说我本来就是个胆小、怕羞的孩子，现在，在女人面前，不知怎的尤其胆怯，因此感到非常难堪。

"是啊，坐到腿上！你干吗不愿意坐在我腿上呢？"她坚持道，开始笑得越来越欢快，因此最后简直成了哈哈大笑，也不知道她笑什么，也许是笑自己的异想天开，或者是看见我这么狼狈，简直乐坏了。但是她要的就是这股劲儿。

我臊得满脸通红，窘态毕露地环视四周，想找个地方逃走；但是她已经抢在我头里，不知怎么一来就捉住了我的手，唯恐我跑掉，然后把这手拉到她身边。突然，完全出乎我的意料，并且使我非常吃惊地把它握在她那调皮而又热乎乎的手指中，开始非常疼地拗我的手指，但是因为疼极了，我费了老大劲才没叫出来，可是我却露出了非常可笑的怪相。此外，当我知道，居然有这样一些可笑而又可恨的太太，她们一面跟男孩们说些废话，一面却非常疼地拧人家的手指，而且当着大家的面，天知道为什么，见到这情形，我惊讶极了，感到莫名其妙，甚至感到恐怖。大概，我那倒霉的脸写出了我的全部困惑，因此那个促狭鬼像个疯子似的冲我哈哈大笑，可是与此同时却愈来愈疼地拧和拗我那可怜的手指。她高兴得不得了，终于像小学生似的恶作剧了一番，弄得一个可怜的小男孩无地自容，大大捉弄了他一番。我已经到了走投无路的绝境。首先，我羞得满脸通红，因为我们周围的人几乎都回过头来看我们，一些人疑惑不解，另一些人则发出会心的微笑，立刻就明白了一定是这位大美人又干出了什么恶作剧的事。此外，我非常想叫出声来，她恶狠狠地拗我的手指正因为我没有叫疼，而我却像斯巴达人那样决心忍住疼，生怕喊叫会引起混乱。全场大乱后，我就不知道我会怎么着了。在我彻底绝望之后，我终于开始了斗争，想使劲把我的手拽出来，但是我那位暴君太太却比我有力得多。最后我忍不住叫了一声，她要的就是让我喊疼！顷刻间，她就撇下我，像个没事人似的转过身去，似乎刚才恶作剧的不是她，而是什么别的人，完全像一个小学生，等老师一转身，她（他）就对身旁的什么同学恶作剧，把一个力气小的、不点大的小男孩拧一把，弹他一指头，给他一脚，撞一下他的胳膊肘，刹那间又转过身去，恢复常态，埋头读书，开始背诵自己的课文，使怒不可遏的老师猛可地大上其当，脸拉得长长的、怪怪的，像只鹞鹰似的向发生吵闹的地方扑去。

但是，总算我运气好，这时大家的注意力都被我们的主人的精湛表演吸引住了，这时他正在一出戏中，斯克里勃[①]的一出什么喜剧中扮演主角。大家都鼓起掌来；而我则在一片乱糟糟的情况下，趁机从一排座椅间溜了出来，跑到客厅尽头，跑到客厅后面的一个角

---

① 欧仁·斯克里勃（1791—1861），法国剧作家。他写过不少喜剧和一部历史剧。

落，躲在一根柱子后面，恐惧地看着那个阴险狡诈的漂亮太太坐的那地方。她用手帕捂住自己的樱桃小口，还在笑个不停。她很长时间还在不断回头，在所有的角落到处搜寻，大概她觉得，我们这场疯狂的搏斗这么快就结束了，十分惋惜似的，她正在琢磨怎么再找点事来恶作剧一番。

从此我们就开始认识了，从这天晚上起，她就寸步不离我的左右。她没有分寸和没有良心地迫害我，她成了一个专门欺负我、折磨我的女魔头。她要的那套把戏和全部可笑之处在于，她佯装非常喜欢我，喜欢得要命，可又经常当众羞辱我，使我下不了台。不用说，我是一个非常腼腆怕生的孩子，这一切使我难过和苦恼得简直想哭，因此我处在这样严重和危急的情况下，几次想同我那位阴险狡诈的号称喜欢我的人打上一架。我天真的窘态和无望的苦恼，仿佛使她更来劲了，非对我迫害到底不可。她毫无怜悯之心，而我则不知道怎么才能躲开她。她很善于引人发笑，因而在我们周围不断响起的哄笑声只是火上浇油，使她变本加厉地进行新的恶作剧。但是，大家终于认为她的玩笑开得有点过头了。再说，现在想起来，她对一个像我这样的孩子也确实过分了点。

但是她就是这样一种性格：她是一个十足的被娇惯坏了的女人。后来我听说，最娇惯她的还是她自己的丈夫，她丈夫是个大胖子，小矮个儿，红光满面，很有钱，很能干，起码表面看来是个坐不住的大忙人，他在一个地方都待不满两小时。每天他都要离开我们到莫斯科去，有时一天要去两次，而他自己还总说他是去处理公务的。很难找到比他这副既滑稽可笑，同时又永远道貌岸然的相貌更快活、更忠厚的了。他不仅爱妻子成癖，爱妻子近乎怜惜，还把她当成了偶像，简直在崇拜她。

他对她听之任之，丝毫不予约束。她有许多朋友，既有男朋友，也有女朋友。首先，很少有人不喜欢她；其次——她做事孟浪，在择友上也不大挑剔，虽然她的性格，从根本上说，较之从我现在所讲的情况来推断，要严肃得多。但在她所有的女友中，她最喜欢和最看重的是一位年轻的太太，她的一门远亲，现在这位太太也跟我们在一起。她俩之间有一种亲密的、微妙的关系，两种性格截然相反的人一旦相遇，有时往往会产生这样的关系，但是其中一人的性格必定比另一人严肃、深沉和纯洁，而另一人则情感高尚，极其谦逊而且颇具自知之明，因而爱慕地听命于对方，感到对方处处胜过自己，于是把对方的友谊珍藏于心，视同一种幸福。于是，在这两种性格彼此交好中便开始产生这种微妙、高尚的关系：一面是爱和屈尊俯就，另一面是爱和敬重，这种敬重往往会发展成一种敬畏，生怕被自己十分敬仰的人看低了，这种敬畏甚至会达到一种嫉妒的渴望，渴望在生活中亦步亦趋地越来越接近对方的心。这俩朋友尽管同岁，但是她俩之间，从美貌算起，却处处存在难以估量的差异。M夫人也长得很美，但是她的美与众不同，与一般的漂亮女人迥异；她脸上有某种东西，能使人立刻情不自禁地对她产生无限的好感，或者不如说，能使人一见到她便会激起一种高尚激越的好感。确有这么一些幸运儿。任何人在她身旁不知怎的都会好起来，都会觉得更舒畅，更温暖，然而她那充满火与力的忧郁的大眼睛，却显得很胆怯，很不安，倒像时时刻刻在担心她会遇到某种敌视她的可怕的东西似的，这种奇怪的胆怯，有时会使她宛如意大利圣母像①的光辉面容那样娴静、温存的脸，蒙上一层愁云，望着她那怯怯的样子，你自己也会很快变得愁眉不展，仿佛你自己也遇到了什么伤心事，感同身受。在这张苍白、清瘦的脸上，透过那秀丽端正的轮廓的无可挑剔的美和无言的、隐蔽的烦恼的某种郁郁寡欢的哀怨，还十分经常地闪现出原始的孩子般开朗的容颜——这还是不久前信赖一切的童稚岁月也许当时还正享受着天真的幸福的模样。这苍白、清瘦的脸，这文静的，但是怯怯的、犹豫的微笑——这一切都足以深深地打动人，让人对这

① 指意大利文艺复兴时期的绘画巨匠拉斐尔等绘制的圣母像。

个女人不知不觉地产生一种同情，从而使每个人的心中都对她产生一种既甜蜜又热烈的关爱，还在远处你就会为她大声疾呼，还不认识她你就会对她产生一种亲近感。但是这位漂亮太太却不大爱说话，性格内向，虽然当有人需要同情的时候，当然，没有人会比她更关切，更爱护备至的了。有些女人就像生活中的善心姐妹①。在她们面前可以什么也不用隐瞒，至少心中的伤痛可以毫不隐瞒地告诉她们。谁心中有痛苦，谁就不妨大胆和满怀希望地找她们，而不用害怕这会增加她们的负担，因为我们很少有人知道，在有些女人的心中，蕴藏着多少无边耐心的爱、怜悯和宽恕啊！在这些纯洁的、自身也受伤害的心里，珍藏着多少同情、安慰和希望的宝库啊！因为一颗大慈大悲的心，既有大慈也有大悲，但是她心中的创伤却被小心地掩盖起来，以避开别人好奇的目光，因为深沉的悲哀常常是沉默的和深藏不露的。无论创伤有多深，也无论它怎样化脓发臭，都吓不倒她们：谁去找她们，谁就值得

① 　即女护士。俄罗斯第一个以帮助穷人和病人为己任的慈善组织，名为彼得堡善心姐妹公社，成立于19世纪40年代。

她们的垂爱与眷顾；她们似乎生来就为了做这种救死扶伤的功德无量的事……M夫人身材很高，体态灵活、苗条，但身子骨稍嫌单薄。她的动作似有点不平稳，时而缓慢、稳重，甚至有点矜持，时而又像孩子般敏捷利索，而与此同时，在她的姿态中又显露出某种胆怯的谦逊，似乎战战兢兢和孤立无援，然而她又不央求任何人，并不祈求保护。

我已经说过，那位金发女郎不值得称道的恶作剧，使我羞惭，使我下不了台，使我的心痛苦得流血。但是这还有一个被我隐瞒的秘密原因，既古怪又荒唐，我像卡谢伊[①]一样为之发抖，生怕别人知道，每当我独自一人，带着纷乱的思绪，躲在任何蓝眼睛的促狭鬼，像宗教法官那样审视我和嘲弄我的目光看不到的隐蔽的黑暗角落，只要一想到此事，我就又窘又羞又怕，差点喘不过气来——一句话，我坠入了爱河，就算我是胡说八道吧：因为这不可能；但是我周围有这么多人，为什么只有她一人能够吸引我的注意呢？虽

① 俄罗斯童话中的一个凶狠的瘦老头、守财奴，他拥有无穷的宝藏和长生秘方。

然，当时我根本无意看女人，同她们套近乎，可我为什么偏爱盯住她不放呢？这事常常发生在阴雨连绵的晚上，大家都出不了门，只能在屋里待着，而我则孤零零一个人躲在客厅的某个角落里，毫无目标地东张西望，简直无事可干，因为除了那些促狭鬼太太以外，很少有人跟我说话，因此每逢这样的夜晚，我就会觉得无聊得要命。于是我就开始注视我周围的一张张脸，倾听他们的谈话，可是他们说的话，我常常一句也听不懂，也正是在这时候，M夫人娴静的目光、温存的微笑和姣好的面容，天知道为什么，会捉住我的视线，使我看入了迷，会使我产生一种难以磨灭的、异样的、模糊不清的，但又不可思议的甜蜜印象。常常一连几小时，我目不转睛地看着她，似乎怎么也看不够；我记住了她的每一个姿势，每一个动作，我谛听着她那浑厚而又清脆的，但又稍许压低了的声音的每个颤动，而且说来也怪，经过这一番仔细的观察，与怯生生而又甜蜜蜜的印象交织在一起的，我竟产生了一种不可思议的好奇心，仿佛我想由此探听出某种秘密似的……

　　我最受不了的是有人当着 M 夫人的面嘲笑我。按照我的理解，这类嘲笑和戏谑，无异是对我的侮辱。常常，对我发出一片哄堂大笑，有时候连 M 夫人也会不由得发出会心的微笑，那时我简直羞得无地自容，伤心得不能自制，我挣脱了欺侮我的这帮女魔头，跑到楼上，躲在那里不敢出来见人，独自度过这天的余下时光，不敢在客厅露面。然而我自己也不明白，我为什么害羞，我为什么激动；我心中经历的整个过程都是无意识的。我跟 M 夫人几乎没有说过两句话，何况，自然我也不敢造次。但是有天晚上，在我经历了最难以忍受的一天之后，我在晚间散步中落在大家后面，我累极了，于是穿过花园想偷偷溜回家去。我在一处偏僻的林荫道的一张长椅上看到了 M 夫人。她孤零零地独自一人坐在那里，仿佛故意挑了这么一个僻静的地方，把头低垂在胸前，手中机械地绞着手帕。

她陷入深深的沉思，因而没听到我走到了她身边。

她发现我以后便从长椅上迅速站起来，扭过身子，而我看见她用手帕匆匆擦了擦眼睛。她在哭。擦干眼泪后，她向我微微一笑，就跟我一起回家了。我已经不记得我跟她说什么了；但是她不时利用各种借口把我支开：一会儿请我给她摘一朵花，一会儿又请我去看看谁骑着马走过一旁的林荫道。只要等我一走开，她又立刻把手帕拿到眼睛上，擦去怎么也止不住的、不听话的眼泪，这眼泪一次又一次地蓄满她的心头，从她那可怜的眼睛里不断地滚滚流下。我明白，看来，我在她身旁使她很难堪，因此她才一再支开我，而且她自己也看到，我已经把一切都看在眼里，可是她怎么也止不住悲从中来，因此也使我更加为她感到伤心。这时候，我恨死了我自己，我诅咒自己太不乖巧，太没眼力见了，可还是不知道怎么才能更乖巧地离开她而又不暴露我已经发现她正在伤心落泪，但是我仍旧不知趣地陪伴着她，又悲伤又诧异，甚至很害怕，完全不知所措，简直找不到一句话来继续我们本来就没什么话好说的谈话。

这次邂逅使我很吃惊，因此整个晚上我都怀着极大的好奇心悄悄注视着 M 夫人，目不转睛地盯着她，不料她在我注意观察她的时候竟两次猝不及防地把我逮个正着，她第二次发现我的时候还莞尔一笑。这是她整个晚上唯一的一次笑容。她现在的面容十分苍白，愁云尚未消退。她一直在跟一位上了年纪的太太低声交谈，这是一位生性歹毒又爱寻衅闹事的老太太，她专爱刺探别人的秘密和搬弄是非，因此谁也不喜欢她，但是又都怕她，因此只好想方设法地巴结她，不管乐意不乐意……

十点钟左右，M 夫人的丈夫来了。在此之前，我一直十分注意观察她，目不转睛地盯着她那闷闷不乐的面孔；可现在，她丈夫出乎意料地走了进来，我看到她浑身哆嗦了一下，她本来已经苍白的脸，忽然变得比手帕还白。这事明显得连其他人也注意到了：我在一旁听见了只言片语，我从中或多或少地猜到，可怜的 M 夫人日子并不十分好过。听说她丈夫像那个黑人[1]一样嫉妒成性，不过不是出于爱，而是出于面子。首先这是个西欧派，是个新潮人物，对新思想略知一二便虚荣心十足地到处卖弄。表面看，这是位黑须黑发、高高的个儿、体格特别结实的先生，蓄一脸西欧式的络腮胡子，红红的脸，一副志得意满的样子，牙齿像白糖般雪白，一副无可挑剔的英国绅士派头。大家都管他叫聪明人。在某些圈子里，人们常常这样称呼一种特殊类型的人，这种人什么也不干，什么也不想干，可是却养得脑满肠肥，由于长期懒散和成天价什么事也不干，心脏竟长出了一团脂肪。你经常可以听到他们说，他们无事可做是因为某种乱糟糟的、敌对的环境，这环境使他们"英雄无用武之地"，因此，看着他们都"让人伤心"。这是他们常说的漂亮话，是他们的 mot d'ordre[2]，是他们的暗语和口号。这些饱食终日、无所用心、脑满肠肥的主儿无时无刻

---

[1] 指莎士比亚笔下的那个黑人统帅奥赛罗。
[2] 法语：口头禅。

不在唱的高调，早就叫人听腻了，因为这乃是臭名远扬的空话和达尔杜弗①式的伪善。然而，这些怎么也找不到自己该做什么（其实他们从来也没有找过）的小丑中的某些人的言外之意是要大家相信，他们包裹心脏的不是脂肪，而是相反，一般说是某种非常深刻的东西，不过究竟是什么——对此，恐怕连最高明的外科医生也说不出所以然来，当然，这样说只是出于礼貌。这帮大人先生之所以能在世上春风得意，靠的就是使出自己的浑身解数去粗暴地奚落别人，浅薄无聊地指责别人，以及大吹法螺，自命不凡。因为他们除了发现和反复絮叨别人的错误和弱点之外实在无事可做，再加上他们生来就有一副牡蛎般的好脾气，所以他们在采取了一些预防措施之后，倒也不难在待人处世上八面玲珑。他们对此感到非常得意。比如说，他们几乎深信不疑，认为差不多全世界的人都是他们的佃农；认为这些人无疑是他们买来后供不时之需的牡蛎；认为除了他们，所有的人都是傻瓜；认为任何人

① 莫里哀的著名剧本《伪君子》中的主人公。

都像只橙子或者海绵，当他们需要喝果汁的时候，他们就可以随时榨取；认为他们是万物的主宰，而整个这一套值得称道的、理所当然的规矩之所以产生，正因为他们是一些有代表性的聪明人。由于他们大吹法螺，自命不凡，所以他们不允许自己身上有缺点。他们就像生来的达尔杜弗和福斯塔夫①那一类常见的骗子一样，这些人到处欺诈行骗，到后来连他们自己都信以为真了，认为就应当如此，即他们就应当坑蒙拐骗，以欺诈为生；他们一再向所有的人断言他们是正人君子，弄到最后连他们自己也信以为真，似乎他们真的是正人君子了，他们的坑蒙拐骗乃是正人君子们干的光明磊落的事。他们从来不会遭受内在的良心审判，也绝不会有高尚的自知之明：对于其他事，他们因为太肥胖了，实在干不了。他们从来都把他们那个宝贵的自己，把他们的摩洛与巴力②，把他们那个卓尔不群的"我"字放在一切的首位。对他们来说，整个大自然，整个世界无非是一面美好的镜子，上帝把它

---

① 莎士比亚戏剧《亨利四世》和《温莎的风流娘儿们》中的人物，好吃懒做，自大吹牛，无所不用其极。
② 原为古代近东各地的太阳神，后经基督教诠释，在文学作品中喻为一种残暴的势力，必须对他们顶礼膜拜，并以儿童献祭。

创造出来，就是为了让我这个具体而微的上帝对镜顾盼，自我欣赏，而在他身后到底还有什么人和什么东西，他一概视而不见；由此可见，他把世界上的一切都看得糟透了，也就不足为奇了。他对一切都有现成的说法，而且——然而，就他们而言，可也真是上下其手，左右逢源——都是时髦的说法。他们甚至为这种新潮的流行推波助澜，他们只要一嗅出某种思想即将流行，他们就在所有的通衢大街上空口无凭地到处宣扬和传播。他们的鼻子可灵了，能嗅出这类时髦的说法，并先于别人使它为自己所掌握，倒像这类说法是因为他们才流行起来似的。他们特别贮存着自己的一套说法，用来表示他们对人类的最深切的同情，用来确定什么是最正确和最为理性所认可的博爱，最后则是为了不断地讨伐理想主义，即他们不断讨伐的往往是一切美和真的东西，其实这种美与真的每个原子比他们这类软体动物的整个族类更宝贵。但是他们却鄙俗地认不出尚处在间接的、过渡状态的、尚未完全定型的真理，摈弃一切尚未成熟、尚未稳定、尚处在发酵状态的东西。这种脑满肠肥的人，一生都在醉生梦死，坐享其成，自己什么事也不做，也不知道任何事做起来有多么困难，因此谁要是别别扭扭地触犯了他那脑满肠肥的感情，那就有祸了：为此，他会永不原谅你，无时无刻不耿耿于怀，必欲加以报复而后快。这一切总括起来的结论是，我的这位主人公充其量不过是一只装满了警句箴言、时髦说法和各种各样帽子的、鼓鼓囊囊、满得不能再满的大草包而已。

不过话又说回来，M先生也有自己的特点，是个不同凡响的人：他说话风趣、幽默，滔滔不绝，很会讲故事，不管在哪家客厅，他周围总是围着一圈人。那天晚上，他更是春风得意，执掌着谈话的牛耳；他精神饱满，谈笑风生，不知道因为什么事显得特别高兴，并且让所有的人都抬起头来看他。可是M夫人却一直像个病人，满面愁容，因此我时时刻刻都觉得不久前的那颗泪珠立即就会在她长长的睫毛上滚动。我已经说过，这一切都使我感到非常惊讶。后来我怀着一颗奇怪的好奇心走开了，但是我整夜都梦见 M 先生，而在这以前我是难得做岂有此理的噩梦的。

第二天清早，我被叫去排练活画，因为其中也有我的一个角色。再过四五天就是我们主人的小女儿的生日，为了这件家庭喜庆，准备先演出活画和话剧，然后举行舞会——所有的活动全安排在一个晚上。此外，还从莫斯科和附近的别墅请了上百位客人来参加这个几乎是临时安排的喜庆活动，因此免不了要乱糟糟地大忙一阵。排练节目，或者不如说试装，安排在清晨，这很不是时候，因为我们的导演，著名画家 P，现在急于要进城购置道具，以及为这次喜庆活动做最后的准备，因此时间紧迫，一刻也耽误不得。我们的导演是主人的朋友和客人，出于对主人的交情才主动承担了活画的编导和演出等事宜，而与此同时还要负责训练我们。我同 M 夫人一起参加一幅活画的演出。这幅活画取材于中世纪生活中的一个场景，名为《城堡女主人和她的侍童》。

我在排练时与 M 夫人相遇，感到有一种莫名其妙的尴尬。我总觉得她会从我的眼睛里立刻看出从昨天起就在我头脑里产生的所有想法、疑惑和揣测。其次，我总觉得我似乎对不起她，昨天我碰见她在哭，妨碍了她独自伤心，因此她免不了会对我侧目而视，把我看成是一个参与她的秘密的讨厌的目击者和不速之客。但是，谢谢上帝，事情总算没有发生大的麻烦：人家根本就没有注意到我。她好像根本顾不上理我，也无心排练：她心不在焉，闷闷不乐，脸色阴沉，若有所思，看得出来，有一件很大的心事在折磨她。我演完我的角色后就跑去更衣，十分钟后就走了出来，走到通往花园的露台。几乎同时，M 夫人也从另一扇门里走了出来，她那扬扬自得的丈夫恰好与我们迎面相遇，他正从花园里回来，他刚陪同一大帮女士到那里散步，恰好碰到一位有闲情逸致的 cavalier servant[①]，便把女士们拱手让给了他。夫妻俩显然是不期而遇。M 夫人

---

① 　法语：殷勤巴结的男伴。

也不知道为什么突然感到很尴尬，在她不耐烦的举止间闪过一丝微微的懊恼。她丈夫本来在无忧无虑地吹着口哨，哼着一曲咏叹调，一路上沉思地梳理着自己的络腮胡子，而现在一看到妻子就板起面孔，据我现在的记忆所及，简直用一副宗教法官的目光把她全身上下打量个遍。

"您去花园？"他发现妻子手里拿着阳伞和书，问道。

"不，到小树林去。"她微微涨红了脸回答。

"就您一个人？"

"跟他……"M夫人指着我说，"清早我常常一个人散步。"她用一种支支吾吾、含糊其词的声音加了一句，就像有人生平第一次撒谎似的。

"唔……我刚陪同一大帮人到那里去。大家都聚集在那里的花亭旁给H送行。他要走了，您知道……他在那里，在敖德萨，发生了一件麻烦事……您表妹（他是说那个金发女郎）又是笑，又有点像哭，哭哭笑笑一齐来，你简直闹不清她是怎么回事。不过，她对我说，您因为什么事在生 H 的气，因此没去送他。当然是瞎猜，是吗？"

"她在打哈哈。"M 夫人回答道，一面走下露台的台阶。

"这么说这是您每天的 cavalier servant？"M 先生撇了撇嘴，加了一句，用长柄眼镜对准了我。

"侍童！"我叫道，对他的长柄眼镜和嘲笑很生气。于是我就冲他的脸哈哈大笑，一下子越过露台的三级台阶跳了下去。

"一路平安！"M 先生喃喃道，管自往前走去。

自然，当 M 夫人刚把我指给她丈夫看的时候，我就立刻走到她身旁，那副模样，倒像整整一小时前她就邀我做伴，倒像我已经整整一个月每逢早上都陪她散步似的。但是我怎么也弄不清：她干吗显得那么尴尬和羞怯，当她决定撒一个小小的谎以便搪塞过去的时候，她脑子里到底在想什么呢？她干吗不干脆说她是一个人出来的呢？现在我都不知道该怎么望她了；但是我在惊讶之余却非常天真地开始慢慢、慢慢地打量起她的脸来；但是，就像一小时前在排练时一样，她既没有发现我的偷觑，也没有留意我的无言的疑问。她的脸上，她的激动的神态，以及步态上反映出与方才同样的那种心事重重，不过较之方才更明显、更深重罢了。她越来越加快步伐，好像急着要到什么地方去似的，而且不安地向每条林荫道，向小树林里的每条通道张望，并且频频回头，向花园方向观看。于是我也在期待着有什么事情发生。突然我们身后响起了马蹄声。这是一大群骑马的男男女女在给突然要离开大家的 H 送行。

在这帮太太中间，也有 M 先生说到过的我的那位金发女郎，说她喜怒无常，既爱笑也爱哭。但是这一回她却跟往常一样像个孩子似的哈哈大笑，骑在一匹十分俊美的枣红马上向前疾驰。H 骑到我们身旁时摘下了礼帽，但是他并没有停下来，也没有跟 M 夫人说一句话。这队人马很快就从我们的视野里整个儿消失了。我瞧了一眼M夫人，惊讶得差点没叫起来：她站在那里，面孔像手帕一样煞白，大颗大颗的泪珠从她的眼睛里夺眶而出。我们俩的目光偶然相遇，M夫人突然涨红了脸，霎时扭过脸去，不安和懊恼清楚地浮现在她的脸上。我是个多余的人，情况比昨天更糟——这事明如白昼，但是我能躲到哪去呢？

突然，M夫人似乎明白了过来，打开手里拿着的书，涨红了脸，显然竭力不看着我，仿佛她刚刚才发觉似的，说道：

"啊！这是第二部，我拿错了，请您去把第一部给我拿来。"

哪能不明白呢！我扮演的角色结束了，可是又不能用更直截了当的办法把我支走。

我拿着她的书跑了，而且再没有回来。这天早上，这本书的第一部一直非常安静地躺在书桌上……

可是我却像丢了魂似的；我的心在跳，仿佛处在不断的恐惧中。我想方设法竭力躲开 M 夫人。然而我又怀着某种强烈的好奇心注视着 M 先生扬扬自得的身影，似乎他现在肯定有某种特别之处。我简直不明白在我的这种可笑的好奇心中到底要弄清什么；我只记得，这天早上我所看到的东西使我感到很奇怪，很惊讶。但是我的这一天才刚刚开始，对于我来说，这一天各种各样的事真是层出不穷。

这一回，午饭吃得很早[①]。傍晚时分要全体出游，到邻村去参加一个在那里举行的乡村节日，因此必须有时间来做些准备。对这次出游我已经幻想了三天，等待着数不清的快乐的游戏。喝咖啡时，几乎所有人都聚集到露台上。我小心翼翼地也跟着别人挤了过去，躲在三排圈椅的后面。我被好奇心所驱使，但是我又无论如何不愿让 M 夫人看见。但是阴错阳差偏巧把我安排在离我那个促狭鬼金发女郎不远的地方。这一回她出现了奇迹，发生了不可能发生的事：她变得加倍地妩媚动人。我不知道这究竟是怎么搞的，但是女

---

① 　俄罗斯人吃午饭一般在下午两三点、三四点不等，甚至更晚。

人却屡见不鲜地经常出现这样的奇迹。在我们俩之间，这时候有一位新客人，高高的个儿，苍白的脸，这个年轻人是我们这位金发女郎狂热的爱慕者，他刚从莫斯科到我们这儿来，好像存心来补刚离开的 H 的缺似的，关于 H 有流言说，他狂恋着我们的这个大美人儿。至于刚来的这位客人，他早就跟她保持着这样一种关系，就像莎士比亚的《无事生非》中倍尼狄克跟贝特丽丝①的关系一样。简言之，这天，我们这位大美人儿真是春风得意，赢得一片喝彩声。她的笑谈是那样优雅风趣，那样朴实无华，那样随随便便而又情有可原；她是那样自信而又潇洒从容地确信她受到了众口一词的普遍欢迎，而且她也确实像被众星捧月似的受到特别的赞赏。她周围简直水泄不通，紧紧地围着一圈对她赞叹和欣赏不已的听众，而她也从来没有像今天这样富有魅力。她说的每句话都那么富有诱惑力，那么新奇，大家都如饥似渴地听着，争相传颂，以至她的每一句笑谈，每一个放肆的举动都引起了普遍的

① 在莎士比亚的《无事生非》中，这两人表面上唇枪舌剑，各不相让，实际上却彼此爱慕，越吵爱得越深。

喝彩。似乎，谁也没有料到她会这么风趣、才华横溢和聪明过人。平时她非常乖戾，非常爱恶作剧，以至几乎达到了胡闹的程度，因此她所有好的品质都被埋没了，很少有人发现它们——即使有人发现，也不会相信，因此她现在赢得的一片喝彩声，使大家感到很诧异，引起了一片热烈的窃窃私语。

　　然而，促使她大出风头的还有一个特别而又相当微妙的情况，起码就当时M夫人的丈夫所扮演的角色来看是如此。这个调皮的金发女郎决定——必须补充一句，此举几乎大家都很拥护，或者至少所有年轻人都很拥护——鉴于许多原因，大概在她看来是十分重要的原因，她要向M先生发动猛烈的攻击。她跟他唇枪舌剑地交起锋来，双方妙语连珠，讽刺挖苦，所向无敌而又模棱两可，笑里藏刀而又滴水不漏，面面俱到，这些解颐妙语直接命中目标，同时又不给对方留下任何话把，只会使对方在无可奈何的挣扎中筋疲力尽，使对方气得发狂，陷入极其可笑的走投无路的绝境。

虽然我没有十分把握，但看来这整套伎俩是早有预谋的，而不是即兴之作。还在吃饭的时候就开始了这个殊死的打斗。我所以说"殊死"二字，乃是因为M先生并没有很快缴械投降。他必须振作精神，调动起他说俏皮话的全部本领，以及他少有的随机应变的能力，才不至于被打得全军覆灭，落花流水，大出其丑。这事是在全体观战者和参战双方不断的哄堂大笑声中进行的。起码对他来说今天跟昨天不一样。看得出来，M夫人几次忍不住想来阻止自己那不够谨慎的朋友，可是她却非让那个爱吃醋的丈夫穿上最滑稽可笑的小丑服装不可。根据各种可能，根据我的记忆所及，最后，根据我在这场厮杀中不得已而扮演的角色看，应当认为，她非得让他穿上蓝胡子①的服装不可。

这事是突然发生的，十分可笑，完全出乎意料，好像故意安排好了似的，这时我正好站在显眼的地方，没料到金发女郎会对我恶意中伤，甚至忘掉了我

---

① 法国民间故事中一个醋性大发的丈夫，他曾先后杀死六个妻子。

不久前所采取的预防措施。我被推到了最前面，她说我才是M先生的死敌和天然的情敌，因为我发狂般爱上了他的妻子，而且爱到了极点，她还发誓说她有证据，不用往远处找，比如，今天她就在树林里亲眼看到……

但是她还没有来得及说完，我就在我最走投无路的时刻打断了她的话。她选中的这一时刻也太伤天害理了，居然想用出卖我的办法准备最后收场，引起一个可笑的结局，从而造成一种捧腹大笑的场面，爆发出一阵无论如何也克制不住的哄堂大笑，来为这最后一幕恶作剧喝彩。虽然当时我就明白，最令人懊恼的角色并没有落到我头上，但是我还是觉得十分尴尬、气愤和害怕，因而我热泪盈眶，充满烦恼和绝望，我羞得气急败坏，冲进两排圈椅，跑到前面，面向折磨我的女魔头，用哽哽咽咽、泣不成声、气得断断续续的声音向她嚷道：

"您怎么不害羞……大声地……当着所有女士的

面……说这种没羞没臊的……谎话?!……你简直像个小姑娘……当着所有男士的面……他们会说什么?……您是个大人了……都结了婚!……"

我还没有说完,就响起了震耳欲聋的掌声。我这一气愤填膺的举动产生了真正的furore①。我的天真的举动,我的眼泪,而主要是我仿佛挺身而出,起来保护M先生,这一切都使大家大笑不止,甚至现在我一想起来也不由得哑然失笑……我惊慌失措,几乎吓疯了,而且像火药似的腾地爆炸,羞得无地自容,我用两手捂着脸,急忙逃走,还在门口撞翻了一名正走进来的用人端着的托盘,飞也似的跑上楼去,躲进自己的房间。我拔出了插在门外的钥匙,把自己反锁在里面。幸亏我这么做,因为她们追了上来。还没过一分钟,我的房门就被一大帮所有我们那些太太中最漂亮的太太团团围住。我听到她们清脆的笑声,急速的谈话声,她们就像一群小燕子似的一下子唧唧喳喳地叫个不停。她们所有的人无不请我,央求我开门,哪怕

① 法语: 热烈的喝彩。

113

开一分钟也行；她们发誓对我毫无恶意，她们只是想把我吻个遍。但是……还能有什么比这新的威胁更可怕的呢？我躲在门后，只是羞得满脸通红，把脸藏进枕头里，硬是不肯开门，甚至对她们不理不睬。她们又敲了很长时间的门，央求我，但是我装聋作哑，无动于衷，耍起了十一岁孩子的脾气。

啊呀，现在怎么办呢？一切都公开了，一切都暴露了，一切，我那么严守秘密，藏着掖着的一切……我将蒙受永久的羞耻与耻辱！……说实话，我究竟怕什么，我究竟想隐瞒什么，我自己也无以名之；但是，要知道，我的确在为某件事提心吊胆，怕这件事被暴露出来，我至今还像树叶似的瑟瑟发抖。不过在这以前，有一点我还不知道，这到底是怎么回事：这事要得还是要不得，是光荣还是耻辱，值得夸耀还是不值得夸耀？直到现在，在痛苦和无端的烦恼中，我才知道这事是可笑而又可耻的！与此同时，我又凭本能感觉到，这样的判决是不对的，既无人性而又简单粗暴；

但是我已经被打垮了，消灭了，我心里进行意识活动的过程似乎停止了，紊乱了。我既无力对抗这一判决，甚至对此好好想想也无能为力：我感到一头雾水；我只感到我的心被人无情而又无耻地刺伤了，于是我只能无力地痛哭，泪水涟涟。我受到很大刺激，我心中沸腾着愤怒与憎恨，这是我迄今为止从来没有体验过的，因为这还是我生平第一次体验到这么重大的痛苦、侮辱和委屈；而且这一切真的是这样，毫无夸大之处。在我这样一个孩子的心里，头一回产生的、还没有经验的、尚未成熟的感情，被粗暴地刺痛了，初次体会到的、散发着芳香的、犹如少女般的羞怯，却被人们过早地暴露和凌辱了，受到嘲笑的还有我那初次拥有的、也许非常严肃的美感。当然，那些嘲笑我的人对于我的许多痛苦并不知道，也没有料到。有一半我还没来得及细想，而且至今都害怕去细想的我珍藏于心的情况，也掺杂其中。我在烦恼与绝望中继续躺在床上，把脸埋在枕头里；我周身忽冷忽热，轮番出现。有两个问题我百思不得其解：今天在树林里那个卑鄙无耻的金发女郎在我与M夫人之间看到了什么和可能看到什么呢？然后，第二个问题：现在我怎样，用什么方法，有何脸面去看M夫人的脸，而不至于羞耻和绝望得立刻当场死掉。

院子里响起了不寻常的喧哗声，把我从半昏迷状态中惊醒过来。我下床后走到窗口。整个院子都挤满了马车、坐骑和忙前忙后的仆人。似乎，大家要走了，有几个人已经骑在马上，其他客人也在纷纷上车……这时我才想起要出游的事，接着我就渐渐沉不住气了；我开始在院子里注意寻找我那匹德国的克莱伯马；但是没有那匹马——可见，把我忘了。我忍不住急忙跑到楼下，已经不去考虑那令人难堪的与别人见面和不久前我所受的耻辱了……

等待我的是可怕的消息。这一回既没有给我预备坐骑，马车里也没有给我留下座位：什么都让人抢走了，强占了，我不得不让位给别人。

我在遭到新的不幸之后，站在台阶上伤心地望着一长串各种各样的马车，其中竟没有给我留下一个最小最小的角落，我望着花枝招展的女骑手们，她们胯下的马正焦躁地急于撒腿飞奔。

有一名准备骑马的人不知为何姗姗来迟。大家都在等他，准备出发。大门口站着他的马，咬着嚼子，用蹄子刨着地，因为受惊不时晃动着身躯和举起前蹄。两名马夫小心翼翼地抓住它的辔头。大家都提心吊胆地与它保持着适当距离。

的确出现了令人非常遗憾的情况，使我无法与他们同行。此外又来了许多新客人，抢走了所有的位置和所有的坐骑，还有两匹坐骑病倒了，其中就有我那匹克莱伯。但是因这一情况而倒霉的并不止我一个人：后来发现，那位新来的客人，也就是我已经提到过的那位面色苍白的年轻人，也没坐骑。为了避免产生不愉快，我们的主人不得不采取极端措施，建议骑他那匹尚未驯服的烈性公马，不过为了安慰一下自己的良心，又补充道，这马根本没法骑，因为这马性子刚烈，早就打算把它给卖了，不过话又说回来，要是能找到买主的话。但是这位预先受到警告的客人却宣布，他骑马骑得不错，如果没有其他办法，让他骑什么都可以，只要能去就成。于是主人就不再言语，但是现在我觉得，当时他嘴上流露出一丝轻薄的、狡黠的微笑。在等候那位自诩骑术高明的骑手出来时，主人自己还没有上马，他不耐烦地搓着手，不时向门里张望。甚至某种类似的表情也感染上了那两名拉着牡马的马夫，他们俩看到自己牵着这样的马面对全体宾客，自豪得差点喘不过气来，因为这马性子刚烈，弄不好就会无端地致人死命。某种类似于他们东家狡笑的眼神也在他俩的眼里闪耀，他们瞪大了两眼在等待，两眼也齐刷刷地盯着那位新来的大胆的客人即将从里面出来的大门。最后，那马也好像跟他的主人和驯养者商量好了一样，一副骄傲和不可一世的样子，好像它感觉得到有数十双好奇的眼睛正在注视着它，好像它对自己的坏名声感到自豪似的，活像某个不可救药的浪荡公子为自己那该上绞架的勾当沾沾自喜似的，似乎，它在向这位胆大妄为者挑战，因为他居然敢冒犯它独立不羁的地位。

这位胆大妄为者终于出现了。让大家等他一个人，他感到很不好意思，因此他匆匆戴上手套，头也不抬地向前走去，直到走下门廊的台阶以后才抬起头来，想伸出手去抓那匹久候在此的马的鬃毛，但是他猛一下愣住了，这马忽地蹿起，后腿直立，所有的观众都吓坏了，发出一声惊呼。这个年轻人后退一步，困惑地望了望这匹野性未驯的马，这马浑身的肌肉像树叶似的抖动，怒气冲冲地打着响鼻，凶狠地转动着两只充血的眼睛，不时后腿直立，举起前腿，仿佛想纵身一跃，蹿入空中，并把自己的两名驯养者也一起带走似的。那位年轻的勇士完全不知所措地站了片刻，他微微涨红了脸，显得有点尴尬，他抬起眼睛看了看周围，并看了看吓坏了的女士们。

"这马好极了！"他仿佛自言自语地说道，"从各方面看，骑起来想必很愉快，但是……但是，您知道吗？我已经不想去了。"最后他向我们的主人说，他那一脸开朗、忠厚的微笑，跟他那善良、聪明的脸十分般配。

"我敢向您发誓，我还是认为您是一位十分优良的骑手，"这位难骑的烈马的主人高兴地回答道，热烈，甚至不胜感激地握了握他的客人的手，"正因为您一眼看去便明白您在同什么野兽打交道。"他神气地又加了一句。"您信不信，我当了二十三年的骠骑兵，已经三次承蒙它关照享受到了躺在地上的乐趣，也就是说，我骑上这……好吃懒做的东西几回，也就摔下了几回。坦克雷德[①]啊，我的朋友，这里没有你中意的人；看来，配骑你的只有伊利亚·穆罗梅茨[②]了，现在他正安坐在卡拉恰罗沃村等候你老掉牙呢。好了，把它牵走吧！别让它再来吓唬人啦！本来就不该把它牵出来嘛。"他最后说，一面扬扬自得地搓着手。

必须指出，坦克雷德没有给他带来半点好处，只

----

① 这匹烈马的名字，可能源自伏尔泰的同名悲剧，也可能源自罗西尼同一题材的歌剧。
② 俄罗斯壮士歌中的勇士，是人民理想中的英雄。

是白吃饭；此外，这位老骠骑兵因它而葬送了他过去擅长采购马匹的好名声，他付了天价才买下了这个虚有其表、中看不中用的废物……可现在他毕竟兴高采烈，因为他的坦克雷德没有丢失自己的尊严，又打掉了一名骑手的威风，从而为它自己赢得了新的糊里糊涂的荣誉。

"怎么，您不去了？"金发女郎叫了起来，她非得让她的cavalier servant这回陪她一起去，"难道您胆怯了？"

"没错，真是这样！"那年轻人回答。

"此话当真？"

"我说，您难道想让我摔断自己的脖子吗？"

"那您快来骑我这匹马，甭怕，它可老实了。咱们别耽搁了，一忽儿就可以把马鞍换过来！我倒要试试您那匹，坦克雷德不可能每一回都这么不客气。"

她还说到做到！这个淘气包还果真跳下了马鞍，她在说最后一句话时已经站在我们面前了。

·

"您以为坦克雷德会让人家把您那蹩脚的马鞍放到它身上吗，那您就太不了解它啦！再说，我也绝不会让您摔断自己的脖子；说真的，这可实在太遗憾了！"我们的主人装模作样地说，这时他心里很得意，按照他的老习惯，说了一通本来就已经装模作样而且已经背熟了的尖刻而又粗鲁的话之后，他自以为可以显出他是个老好人和老军人，从而博得女士们的青睐。这是他的异想天开，也是他最爱玩弄的、我们都很熟悉的拿手好戏。

"喂，爱哭鼻子的小东西，你不想试试吗？你不是很想去吗？"勇敢的女骑手看到我后就故意指着坦克雷德逗我，其实这是因为她白下了马，结果却无功而返的自我解嘲，何况我自己疏忽，撞见了她，不说句带刺的话，她是决不会放过我的。

"你大概不是个孬种吧，像……唔，没说的，你是出了名的大英雄，临阵胆怯就可耻了；尤其是当大家都看着您的时候，漂亮的侍童。"她又加了一句，匆匆瞥了一眼M夫人，她的马车恰好停在离台阶最近的地方，比所有的人都近。

当这位漂亮的女骑手走到我们跟前，打算骑上坦克雷德的时候，一股憎恨感便开始涌上我的心头……但是，当这个调皮的女郎出人意料地提出挑战的时候，我真说不清当时我的心头是什么滋味。当我捕捉到她的目光投向M夫人的时候，我简直感到天昏地暗。霎时间，我头脑里燃起一个想法……是的，然而，这不过在刹那之间，甚至还不到一刹那，就像火药般腾地冒出了火花，或者是忍无可忍，反正我猛地想把我的所有敌人一枪毙命，当众报复，为了我所遭受的一切耻辱，现在我偏要让他们看看，我到底是怎样的一个人；或者，最后，在这一刹那，也不知道什么人神通广大，竟教会了我至今尚一窍不通的中古史，于是在我那晕晕乎乎的头脑里开始闪现出骑士比武，查理大帝的十二骑士，英雄豪杰，美丽的情人，荣誉与胜利者，可以听到传令官的军号声，拔剑厮杀的铿锵声，人群的呐喊声和鼓掌声，而在这一片呐喊声中可以听到有一颗受惊的心发出的怯怯的呼喊，这呼喊爱抚着我那高傲的灵魂，它比我获得胜利和荣誉更甜蜜。我不知道，当时在我的头脑里是否真的产生了这一类胡思乱想，或者说得更符合情理些，这不过是一种预感，预示着未来的、不可避免的想入非非，但是我只听到，我的时间敲响了，破釜沉舟，在此一举。我的心蹦了出来，猛地一跳，我自己也记不清我怎么一个箭步从台阶上跳了下来，出现在坦克雷德身旁。

"您以为我会害怕吗？"我狂妄自大而又高傲地叫道，我由于头脑发热只感到两眼发黑，激动得气急败坏，满脸通红，两行热泪夺眶而出，烧灼着我的两腮。"您就等着瞧吧！"说罢，我一把抓住坦克雷德的鬃毛，在大家还没来得及采取任何微小的行动来阻止我以前，我已经一脚踩上了马镫；但是在这一刹那坦克雷德猛地腾空跃起，后腿直立，一扬脑袋，用力一蹿就从呆若木鸡的马夫手里挣脱出来，像一阵旋风似的飞驰而去，只听得大家一声啊呀，叫了起来。

只有上帝知道，我是怎么在风驰电掣般的奔驰中将另一条腿跨过马背的；我也不明白我怎么会没丢掉缰绳的。坦克雷德驮着我冲出了栅栏门，猛地向右一拐弯，然后胡乱地沿着木栅栏慌不择路地撒腿跑去。直到这时候，我才听清我身后五十来人的一片惊呼，这一片惊呼在我几乎停止跳动的心里激起了怎样一种得意感和自豪感啊，使我永远也忘不了我童年生涯中的这一疯狂时刻。我全身的血都涌上了脑袋，使我目眩神迷，淹没和压倒了我的恐惧。我已经得意忘形。确实，现在回想起来，这一切似乎也确实有点骑士的味道。

然而，我的整个骑士生涯从开始到结束甚至不到一眨眼的工夫，否则的话我这骑士就要倒霉了。可是，即使到现在，我也不知道我这条命是怎么捡回来的。骑马我倒是会：有人教过我。可是我那匹克莱伯马与其说它是坐骑，不如说是一头绵羊。不用说，只要坦克雷德有时间把我甩下来，我肯定会从它身上摔下来的；但是，它刚跑了五十来步，看见躺在路边的一块很大的石头，突然害怕了，于是转到一边，退了回来。它在奔驰中猛一转弯，但是转得那么猛，诚如俗话所说，跟玩命似的，以至我现在都纳闷：我怎么没跟个小皮球似的从马鞍上摔下来，摔出去三俄丈①，跌得粉身碎骨，而且坦克雷德也没有因为这样的急转弯而崴了腿。它猛地向大门跑去，使劲摇晃着脑袋，东蹦西跳，疯狂得像喝醉了酒似的，还腾空跃起前腿，乱踢乱蹬，而且每次跃起都想把我从背上甩下来，倒像一只老虎扑到它背上，用牙齿咬住、用爪子抓住它的肉似的。再过一刹那，我非摔下来不可；我眼看就要摔下来了；但是已经有几个骑手飞也似的跑来救我。其中两人截住了通往田野的路，另两人则策马贴近我的身边，用他们马的肚皮从两侧紧紧夹住坦克雷德，差点没压坏我的腿，而且这两人已经拉住了它的缰绳。几秒钟后我们已经回到了门口的台阶旁。

① 1俄丈=2.134米。

他们把我从马上抱了下来，我面如土色，差点没了气。我像风中的小草一样浑身发抖，坦克雷德也一样，它全身后倾，一动不动，仿佛马蹄插进了泥土，从通红的、冒着热气的鼻孔里沉重地喷出火一般的热气，浑身的肌肉像树叶一样微微抖动，一个孩子竟敢这么胆大妄为而又没有受到惩罚，它感到受了侮辱，气得都瞠目结舌，呆住了。我周围响起了一迭连声地慌乱、惊叹和恐惧的呼喊。

这时我的迷惘的目光遇到了大惊失色的M夫人的目光，而且——我忘不了这一瞬间——我蓦地满脸飞上了红晕，脸涨得通红，像着了火似的。我不知道我当时到底怎么了，我只是因为自己的这种感觉而感到尴尬和恐惧，我怯怯地垂下眼睛，望着地面。但是我的目光还是被大家发现了，逮住了，从我眼里被偷觑去了。所有的眼睛都齐刷刷地转向M夫人，她猝不及防地引起了大家的普遍注意，由于产生了一种情不自禁的、质朴的感情，她自己也忽然像孩子似的脸红了，她竭力想用笑来掩盖自己的脸红，虽然用尽了力气，还是极不成功……

这一切，如果从旁观者看，当然很可笑；但是在这一瞬间一个非常天真的意外情况在大家普遍的取笑声中救了我，并且给我的整个历险涂上了一层特殊的色彩。这整个乱子的罪魁祸首，我至今不共戴天的仇敌，我那漂亮的女魔头忽然跑过来拥抱我和亲吻我。当她向 M 夫人瞥了一眼，向我扔出了手套①，而我竟敢拾起她的手套①，接受她的挑战的时候，她看着，简直不敢相信自己的眼睛。当我骑着坦克雷德飞奔时，她一方面害怕，一方面受到良心谴责，差点没有吓死和羞愧死。而现在，当一切都已结束，尤其是当她同别人一道一起捕捉到我投向 M 夫人的目光，我的窘迫和我的突然脸红之后，以及最后当她终于根据她那轻举妄动的小脑瓜的浪漫情调，赋予这一瞬间以某种新的、隐蔽的、只可意会不可言传的意味时。现在，在发生了这一切之后，她简直为我的"骑士风度"欣喜若狂，

---

① 扔手套，原意为要求决斗，拾手套原意为同意决斗，此处转意为挑战与应战。

因而扑向我，把我紧紧地搂在自己的胸前，她感动极了，为我感到骄傲，为我感到高兴。一分钟后，她向围在我们俩周围的所有的人抬起她那充满天真而又十分严肃的脸时，可以看到有两颗小小的晶莹的泪珠在她的脸蛋上颤动和闪亮，她用从来不曾有过的严肃而又庄重的声音，指着我说道："Mais c'est très sérieux messieurs,ne riez pas！"[①]——她没有注意到，所有站在她面前的人都看入了迷，都在欣赏着她那兴高采烈的样子。她这一切突如其来的快速动作，脸上的这种严肃表情，这种充满稚气的憨态，以及在她那永远含笑的眼睛里夺眶而出的至今谁也没有料到的这两颗衷心的热泪，这一切在她身上太出人意料，也太奇怪了，因此所有的人站在她面前就像触了电似的，惊异于她的神态，快速的火一般的语言以及动作。似乎，谁也不能把眼睛从她身上移开，唯恐错过在她那热情洋溢的脸上这一难得一见的宝贵时刻。甚至连我们的东道主也像郁金香似的满脸通红，有人说，好像亲耳听见

---

① 　法语：但是，这很严肃，诸位，不要笑！

了，似乎，后来他也承认，"说来惭愧"，差点有足足一分钟，他竟爱上了这位漂亮的女客人。唔，这是不消说的，在发生了这一切之后，我成了骑士，成了英雄。

"德洛日！托庚堡！①"周围的呼喊，此起彼落。

传来一片鼓掌声。

"后生可畏呀！"我们的东道主加了一句。

"但是他一定得来，他一定得跟我们一起去！"我们的大美人叫道。"我们一定能找到而且必须给他找到一个座位。他就挨着我坐，坐在我腿上……或者不不不！我说错了！……"她纠正道，她想起我们初次相识时的情景，忍不住哈哈大笑起来。而且再也忍不住笑。但是她一面哈哈大笑一面温柔地抚摩着我的手，竭力跟我亲热，免得我不高兴。

"一定！一定！"有几个声音附和道，"他必须去，他为自己赢得了座位。"

事情顷刻之间就解决了。所有的年轻人都纷纷

① 席勒的抒情叙事诗《手套》和《骑士托庚堡》中的主人公，二者都是忠诚、无畏的骑士。

130

请求那个介绍我跟金发女郎认识的最老的老处女留在家里，把自己的座位让给我，对此她不得不表示同意，虽然牢骚满腹，表面上笑嘻嘻，可是私底下却对我恨得要命。她寸步不离左右的她的被保护人，我过去的敌人和不久前的朋友，已骑上她那匹欢快的马正要疾驰而去，她像孩子似的哈哈笑着，对老处女叫道，她真羡慕她，她巴不得能跟她一起留下来，因为马上就要下雨了，我们大家非挨浇不可。

她预言要下雨，不幸被她言中了。一小时后下起了倾盆大雨，我们的出游吹了。不得不在乡村的茅屋里避雨，接连等了好几个小时，回家时已经晚上九点多了，冒着雨后湿漉漉的天气。我发起了小小的寒热。在正要上车和动身的那会儿，M夫人走到我身边，看见我只穿着一件夹克衫，还敞着脖子，感到很吃惊。我回答说我没有来得及带外套。她拿出一枚别针，把我的衬衫的有褶的翻领竖起来，别上别针，又从自己脖子上取下一方鲜红的纱巾，围在我的脖子上，生怕我的喉咙着了凉。她做得很匆忙，我都没来得及向她致谢。

但是当我们回到家以后，我在小客厅里找到了她，她跟金发女郎和那个面色苍白的年轻人坐在一起，这年轻人因为不敢骑坦克雷德，而博得了骑马师的美名。我走过去向她道谢，并归还了纱巾。但是现在，经过我的这番历险之后，我好像颇感内疚似的；我想快点上楼，在那里定下神来把有些问题好好想想。我思绪万千。我在归还纱巾的时候，照例面孔通红，一直红到耳朵根。

"我敢打赌，他肯定想把这块纱巾留在身边，"年轻人笑道，"从眼神就看得出来，他舍不得离开您的纱巾。"

"可不，可不就是这样！"金发女郎接茬道。"真是个情种！哎呀！……"她说，带着明显的遗憾，摇了摇头，但是遇到 M 夫人严肃的目光，及时打住了，M 夫人不喜欢开玩笑开过了头。

我急忙走开了。

"唉，你呀，真是的！"那个淘气包在另一个房间里追上我，友好地拉住我的两只手，说道，"既然您很想要那块头巾，你不还她不就得了。就说放在什么地方了，事情不就结了。你呀，真是的！这样的事都不会做！真可笑！"

接着她就用手指弹了一下我的下巴颏，笑我的脸红得像朵罂粟花：

"要知道，我现在是你的朋友啦，不是吗？咱俩的敌对状态不是结束了吗，啊？是不是？"

我笑了，默默地握了握她的手指。

"好，这就对啦！……你倒是怎么啦，你现在的面色这么苍白，还发抖？你感到冷？"

"是的，我不舒服。"

"啊呀，可怜的孩子！你这是因为受了强烈的刺激！你知道吗？还是去睡觉好，别等吃晚饭了，睡一夜就会好的，咱们走吧。"

她拉着我的手上了楼，看来，她在无微不至地照顾我。她把我留下来脱衣服，自己急忙跑下楼去，给我弄来了茶，并亲自端来，当时我已经躺下了。她还给我送来了棉被。她对我的这一切照顾和关怀，使我感到很吃惊，也使我深受感动，或者是因为这整个一天的经历、出游和寒热病影响了我；但是，在我和她话别的时候，我紧紧地、热烈地拥抱了她，把她看成我最温柔体贴和最要好的朋友，这时所有的印象一下子涌上了我软化的心头；我偎依在她的胸前，差点没哭出来。她发现我如此多情，看来，我的这位调皮鬼本人也有点感动了……

　　"你是一个非常善良的孩子，"她用她那双文静的眼睛看着我，悄声道，"请你不要生我的气，好吗？你不生气了？"

　　总之，我们成了最亲密、最忠实的朋友。

　　我醒来时还相当早，但是太阳已经用灿烂的阳光照亮了整个屋子。我一骨碌翻身下了床，身体完全好了，而且精神抖擞，好像我昨天压根儿没有发过烧似的，非但没有病，而且我现在感到心里有说不出的快乐。我想起了昨天的事，并且感到我情愿付出我的整个幸福，只要这时能像昨天那样拥抱我的新朋友，拥抱我们的这位金发美女；但是时间还很早，大家还在睡觉。我匆匆穿好衣服，下楼走进了花园，又从花园走进了小树林。我钻进绿荫深处，钻进树脂芳香更浓郁的地方，因为那里射进来的阳光更欢快，因为它居然能这里那里地穿过密荫匝地的树叶而显得分外高兴。这是一个十分美丽的早晨。

我不知不觉地越走越远，最后我走到小树林的另一边的尽头，走到了莫斯科河边。它流经前面二百步开外的一个山麓。河对岸正在收割干草。我看出了神，但是一排排锋利的大钐刀，随着割草人的每一次挥动，一齐金光闪耀，突然又像一条条火蛇似的倏忽不见，好像钻到什么地方去了似的；一堆堆被齐根砍断的浓密肥硕的青草，齐刷刷地飞落一旁，倒伏在又长又直的犁沟上。我不记得我在沉思默想中度过了多长时间，突然，我惊醒过来，听到在小树林里，离我大约二十步远，在横亘于大路和老爷私宅之间的一条林间小道上，有马打响鼻和用蹄子刨地的不耐烦的踏步声。我不知道，当骑马人骑马前来和停下的时候，我立刻就听到了这匹马的声音呢，还是我已听到这声音很久，可是我却把它当成了耳旁风，它并未能使我离开我的幻想猛地惊醒。我好奇地又走进小树林，走了几步后，我听见有人说话的声音，说得很快，但声音很轻。我又向前走近了些，小心翼翼地分开林间小道旁最靠近路边灌木丛的最前面的树枝，我立刻惊讶得向后倒退：我眼前倏地闪过一件我熟悉的白色连衣裙，一个女人的低语声像音乐般在我的心中回响。这是 M 夫人。她站在骑马人身旁，那人则骑在马上向她匆匆地说着什么，使我吃惊的是，我看出这人就是 H，也就是昨天清晨离开我们，M 先生张罗着为他送行的那个年轻人。不过当时有人说，他要到很远的地方去，到俄罗斯的南方去，因此我看到他这么早就来到我们这儿，而且一个人同 M 夫人在一起，我感到十分惊讶。

我还从来没有见过她像现在这样兴奋激动，而且在她的脸蛋上还闪着泪花。那年轻人从马鞍上弯下身来，拉着她的手亲吻。我碰到他们的时候已经在告别了，看来，他们很匆忙。最后他从口袋里掏出一封打上封印的封套，把它交给 M 夫人，接着又像刚才那样没有下马，伸出一只手搂住她，紧紧地、长久地吻着她。片刻后，他扬鞭打了一下马，就像箭似的从我身旁疾驰而过。有几秒钟，M 夫人目送着他，接着便若有所思和闷闷不乐地向主人家的大宅院走去。但是她在林间小道上刚走了几步，仿佛猛然醒悟，又匆匆拨开灌木丛，穿过小树林，向前走去。

我紧跟着她，对我所见到的一切感到既慌乱，又十分惊讶。我的心仿佛因为恐惧而在怦怦跳动。我仿佛失去了知觉，我仿佛感到一片迷惘；我的思想变得支离破碎，十分散乱；但是我记得，我不知道因为什么感到非常忧郁。透过绿荫，间或在我面前晃动着她那白色的衣裙。我机械地跟在她后面，不让她从我的视野中消失，我心里又在打鼓，生怕她发现我。最后她走出了树林，走上了通往花园的小道。等了半分钟左右，我也走了出去；但是我忽然发现在红色的沙径上有一只封好的信封，这时我有多么惊讶呀，我一眼就认出了，这就是十分钟前 H 交给 M 夫人的那只封套。

我把它拾了起来：正反两面都是白纸，没署任何姓名；看起来——不大，但鼓鼓囊囊，很沉，似乎封套里装着三张信纸，可能还多。这封套到底是什么意思呢？无疑，它将说明这整个秘密。也许，因为见面时间仓促，H 认为说不清楚的话都写在里面了。他甚至没有下马……他急于到什么地方去，还是怕在临别时把持不住自己呢，只有上帝知道……

我站住了，没有走上那条小道，而是把封套丢在小道上一个显眼的地方，同时目不转睛地看着它，我想，M 夫人发现丢了信后，会回来寻找的。但是我等了四五分钟，忍不住把刚才捡到的封套又拾了起来，放进口袋，拔脚去追M夫人。我追上她的时候，已经是在花园里的林荫大道上了；她正迈着急促的步子，快步向家里走去，但是她若有所思，低头望着地面。我不知道怎么办才好。走过去，交给她？这无异于说，我知道一切，看到了一切。我一开口就会把持不住自己。我会怎么看她呢？她又会怎么看我呢？……我一直盼望她能醒悟过来，发现丢了东西，回来循原路寻找。那我就可以神不知鬼不觉地把封套丢到路上，她不就可以找到那封信了？但是不行！我们已经快走到家门口了，已经有人看见了她……

这天早晨，真是无巧不成书，几乎所有的人都起得很早，因为昨天出游失利，因此想另搞一次，只是我不知道罢了。大家正准备动身，在露台上吃早点。为了不让大家看见我和M夫人在一起，我等了十来分钟，她进去以后很久，我才从另一面走进大宅。她在露台上忽前忽后地走来走去，脸色苍白，心神不定，两手抱在胸前，各方面都看得出来，她在忍着和竭力克制着心头折磨人的极端烦恼，这从她的眼神，从她的步态和一举一动中都明显地流露出来。有时候她走下台阶，向花园的方向，在花坛间，走出几步；她的眼睛在沙径和露台的地面上，急切地、焦躁地，甚至露骨地寻找着什么。毫无疑问：她发现丢了东西，而且看来，她以为，一定把那只封套丢在大院附近这里的什么地方了——对，一定是这样，她对此深信不疑！

有人发现，接着别的人也发现了：她面色苍白，心神不定。纷纷询问她的健康状况，纷纷表示遗憾和惋惜；她必须用开玩笑来支吾搪塞，必须伴笑和伴装快活。她间或抬起头来看看丈夫，她丈夫站在露台的尽头，正跟两位太太聊天，就像那天，他到这里来的第一天晚上那样，这可怜的女人在浑身发抖，感到惊慌不安。我把手插在口袋里，手里紧紧抓住那只封套，站在离大家稍远的地方，我在祈求上苍，让M夫人看到我。我想哪怕仅仅用目光呢，来鼓励和安慰她一下；我想顺便偷偷地向她说句什么话。可是当她偶然向我抬起头来看我一眼时，我却猛地打了个寒噤，垂下了眼睛。

　　我看到她在痛苦，我没有弄错。我至今都不知道这个秘密，除了我亲眼看到和现在所讲的事情以外，我什么也不知道。这种关系也许并不像第一眼看去所认为的那样。也许，这亲吻不过是吻别，也许，这只是对她所做的牺牲的最后的、微薄的奖赏——她牺牲了自己的平静，牺牲了自己的名誉。H走了；也许，他永远离开了她。最后，甚至我捏在手里的这封信——谁知道信里写了什么呢？个中是非怎样判断，谁有资格来说长道短呢？然而这是没有疑问的，这秘密的突然暴露，在她一生中将是最可怕的事情，无异于晴天霹雳。我还记得她这时候的面部表情：没有比这更痛苦的了。因为她感觉到，知道，像等候死刑一样深信，再过一刻钟，再过不多一会儿一切就会暴露；

封套被什么人发现了，捡起来了；因为封套上没有署名，它很可能被拆开，那时候……那时候怎么办呢？还有什么惩罚比等待着她的这一惩罚更可怕的呢？她在自己未来的审判官中间走来走去。再过片刻，他们笑吟吟地阿谀奉承的脸就会变得十分可怕和铁面无情。她将会在这些脸上看到嘲笑、愤怒和冰冷的蔑视，然后她的生活中就将降临暗无天日的漫漫长夜……是的，当时我还不像现在这样懂得这么多大道理。我只能猜测和预感到她面临的危险，并为她而心痛如绞，至于到底是什么危险，我甚至都没有完全意识到。但是，不管在她的秘密中包含了什么，如果需要用什么来补偿的话，那我亲眼所见和永远难忘的那些悲恸的时刻，就已足够补偿的了。

但这时传来了招呼大家出发的快乐的声音；大家都高高兴兴地忙碌起来；四面八方都响起了欢快的说话声和笑声。两分钟后，露台上的人就走空了。M夫人终于意识到她身体不适，放弃了这次出游。但是，谢谢上帝，大家都走了，大家都行色匆匆，再没有时间来表示同情，问长问短，提出各种忠告来惹人讨厌了。只有不多几个人留在家里。她丈夫对她叮咛了几句；她回答说，她今天就会好起来的，请他放心，至于让她躺下，那倒大可不必，她想一个人……跟我……到花园里走走……这时，她抬头看了我一眼。没有比这更让人开心的了！我开心得脸都红了；一分钟后，我们已经走在路上了。

她沿着不久前从小树林回来时走过的那条林荫路、沙径和小道一路走去，本能地回想着刚才走过的路，一动不动地望着自己的前方，目不转睛地望着地面，在地上寻找，并不理睬我，也许忘了我正与她同行，同她走在一起。

但是当我们走到沙径尽头，我拾起信的那地方时，M夫人忽然站住了，用虚弱的、烦恼得有气无力的声音说道，她更难受了，她要回家。但是，她走到花园的栅栏墙后又停了下来，寻思少顷；她嘴上露出了绝望的微笑，浑身筋疲力尽，瘫软无力，已经横下心来准备认命了，她默默地回到原来的路上，这次甚至忘了招呼我……

我烦恼得心都快碎了，但是又不知道怎么办。

我们往前走去，或者不如说，我把她带到一小时前我在那里听到马的踏步声和他们说话的地方。这里，在一棵茂密的榆树近旁，有一张用一整块巨石凿成的长椅，长椅四周缠绕着爬山虎，长着野茉莉和野蔷薇。（这小树林到处点缀着小桥、凉亭、山洞以及诸如此类的奇异景点。）M夫人坐到长椅上，无意识地望了一眼展现在我们面前的良辰美景。过了一分钟，她打开书本，目光呆滞地盯着书，既不翻书，也不阅读，几乎没有意识到她在做什么。已经九点半了。太阳已经高高升起，灿烂地在我们头顶的湛蓝、深邃的天空上慢慢移动，仿佛在自己的光焰里熔化了似的。割草人已经跑得很远了：从我们这一边的岸上眺望，差点都望不见他们了。在他们身后紧追不舍地爬行着长得没有尽头的一垄垄被割倒的青草，间或，微风吹拂，给我们送来一阵阵绿草的清香。周围在举行乐声悠扬的音乐会，这是那些"也不种，也不收"[①]的飞鸟在歌唱，它们就像被它们欢快的翅膀劈开的空气一样任性而又为所欲为。似乎，在这瞬间，每一朵鲜花、每一棵最不起眼的小草，都在散发着祭献的芳香，对创造了它的造物主说："父啊！我太幸福啦！……"

我望了一眼那可怜的女人，周围是一片快乐的生活，可是她却像死人一样：在她的睫毛上一动不动地挂着两大颗泪珠，这是由她心中的剧痛分泌出来的伤心泪，我完全有办法使这个面色苍白、心如死灰的人复活和幸福，我只是不知道如何下手，如何迈出第一步。我内心很痛苦。我一百次地想冲过去走到她身边，可是每一次都有一种无法遏制的感觉把我钉在原地，每一次我的脸都像着了火似的通红。

突然，我想出了一个绝妙的主意。有办法了，我活跃了起来。

---

① 转引自福音书："你们看那些天上的飞鸟，也不种，也不收。"（《马太福音》第6章第26节）

"我给您采束花来，好吗?!"我用兴高采烈的声音说道，高兴得使M夫人突然抬起了头，注意地看了看我。

"拿来吧。"她终于有气无力地说道，微微一笑，立刻又垂下了眼睛，看着书本。

"要不，在这里，说不定也会来割草，那就没花了!"我叫道，快活地向四周进军。

我很快就采够了一束花，花很普通，也不好看。这样的花是羞于拿到房间里去的；但是我在采花和把花扎成花束的时候，我的心却在快活地跳动！蔷薇和野茉莉还在原地我就采了一些。我知道不远处有一块快成熟的黑麦地。我又跑到那里去采了些矢车菊。我挑了一些颜色最金黄、开得最肥大的矢车菊，同长长的黑麦穗混放在一起。我还在这里，在不远处，碰到一大丛勿忘我，于是我的花束渐渐充实起来。再往前，在田野里，我又找到了一些蓝色的风铃草和野石竹，我又跑到紧靠河边的地方采了几朵黄色的睡莲。最后，在回来的路上，我又匆匆跑进小树林，想弄几片碧绿的掌形的槭树叶，用它把花包起来，我还偶然碰到一大片三色堇，就在三色堇的近旁，我的运气真好，一阵芳香暴露了在碧绿、茂密的草丛中藏着的一朵紫罗兰，花上还洒满了晶莹的露珠。花束做成了。我摘了几根又长又细的草，搓成细绳，把花扎好，然后把信小心翼翼地藏在里面，用花挡着，但是又弄成这样，让它很容易被发现，只要对我的花束稍加注意就行了。

我把它拿去，送给了 M 夫人。

一路上我总觉得，这信放得太显眼了，因此就把它盖得较严实些。走近一些的时候，我又把信在花里塞得更严实些，最后已经快到目的地的时候，又突然把信塞进花束，这样从外面就一点也看不出来了。我的脸蛋燃烧着一大片火焰。我想用手捂住脸，立刻逃走，但是她抬起头来看了一眼我的花，好像完全忘了我去采花这件事。她机械地，几乎看都没看，就伸出手来接过了我的礼物，但立刻又把它放在长椅上，好像我给她花就是为了让她放到长椅上似的，接着她又低下头去看书，仿佛看出了神。我因为没有把这事办成，真想哭。"但是只要我的花束放在她身边就行了，"我想，"只要她别忘了这束花就成！"我躺到不远处的草地上，用右手枕着头，闭上了眼睛，好像我困了，想睡觉似的。但是我目不转睛地盯着她，在等候……

过了十来分钟，我觉得她的脸越来越苍白了……突然一个千载难逢的机会帮了我的大忙。

幸而好心的微风吹来，送来了一只金黄色的大蜜蜂。它先在我的头顶上嗡嗡地飞着，然后又飞到了M夫人身边。M夫人挥手想赶走蜜蜂，一次，两次，但是这蜜蜂好像故意似的，竟挥之不去，而且嗡嗡嗡的越来越烦人。最后M夫人拿起我的花束，在面前挥了一下。就在这一刹那，信从花朵下甩了出来，笔直地落到那本打开的书上。我打了个哆嗦。有若干时间，M夫人惊讶得说不出话来，一会儿望着封套，一会儿望着手中拿着的花，好像不相信自己的眼睛似的……

她忽然涨红了脸，羞得通红，看了我一眼。但是我觉察到了她的目光，我紧紧地闭上了眼睛，装睡；现在我无论如何不能睁开眼睛直视着她的脸。我的心在收紧，在狂跳，就像落到一个乡下鬈发顽童爪子里的小鸟似的。我不记得我闭着眼睛躺了多久：有两三分钟吧。我终于大着胆子睁开了眼睛，M夫人在贪婪地读信，根据她那涨得通红的脸蛋，根据她那亮晶晶的、闪着泪花的目光，根据她那容光焕发的脸，脸上的每一根线条都在因一种快乐的感觉而不断跳动，我猜到了，幸福就在这封信里，她的烦恼已如一缕轻烟倏地飞散了。一种又痛苦又甜蜜的感觉渗入我的心房，装假有多难啊……

我永远也忘不了这一刻！

突然，离我们还有老远，传来了七嘴八舌的呼唤：

"M夫人！Natalie？！Natalie？！ ①"

M夫人没有答应，但是从长椅上迅速站了起来，

① 法语：娜塔莉！娜塔莉！

走到我跟前，向我俯下了身子。我感觉到，她在直视着我的脸。我的睫毛开始抖动，但是我硬忍住，没有睁开眼睛。我竭力使我的呼吸变得平稳些、平静些，但是我的心却在慌乱地狂跳，使我喘不过气来。她的热烈的呼吸烧灼着我的脸；她低下头来凑近我的脸，很近很近，仿佛在试探似的。终于，一个亲吻和几滴眼泪落到了我手上，落到我放在胸口的手上。她亲吻了它两次。

"Natalie?! Natalie?! 你在哪？"又传来了呼唤她的声音，已经离我们很近了。

"就来！"M夫人用低沉而又清脆的声音答道，但是由于泣不成声，声音有些发抖，而且声音那么低，只有我一个人能听见，"就来！"

但是就在这一瞬间，我的心终于背叛了我，把它所有的血都涌到了我脸上。也就在这一瞬间，一个匆匆的、热烈的亲吻印上了我的嘴唇。我微微地叫了一声，睁开了眼睛，但是立刻在我的眼睛上落下了一块她昨天给我围过的那纱巾，仿佛她想用它来给我挡住阳光似的。刹那间她就不见了。我只听见她匆匆离去的脚步声。就剩下我独自一人。

我从脸上扯下了她的头巾，连连亲吻，高兴得忘乎所以；有几分钟我像个疯子似的！……我好不容易喘过气来，在草地上支起了身子，我无意识地凝视着前方，凝视着周围的山冈以及山上色彩斑斓的田地，凝视着蜿蜒曲折绕山冈远去的大河，就目力所及，还可以看到它蜿蜒于新的山冈与村落之间，这些村落星星点点地掩映于洒满阳光的远方，此外，我还呆呆地凝视着在炽热的天的尽头仿佛在袅袅冒烟的、依稀可见的苍茫的森林。庄严肃穆而又宁静悠远的景色带来一种甜蜜的恬静之感，慢慢、慢慢地使我汹涌澎湃的心潮平静了下来。我心头感到轻松些了，呼吸也舒畅了……但是我的整个心不知怎的仍在隐隐作痛，既感到消沉又感到甜蜜，仿佛看透了什么事，又仿佛有所预感。我那颗受到惊吓的，因期待而忐忑不安的心，怯生生而又快乐地猜到了什么……突然，我的胸膛开始不停地起伏，好像它被什么东西刺穿了，开始隐隐作痛，眼泪，甜蜜的眼泪，夺眶而出。我用双手掩脸，浑身像小草般战栗不已，我敞开胸怀，沉湎于我的心灵的第一次觉悟和发现，沉湎于对我的天性的第一次尚属模糊的感悟……我的早期的童年时代也随着这一瞬间的结束而结束了……

过了两小时，我回到家里后，没有找到 M 夫人：她因为一件突如其来的急事随丈夫到莫斯科去了。从此我就再也没有遇见过她。

译者后记

这部作品是1849年作者因彼得拉舍夫斯基一案被捕后，关在彼得堡的彼得保罗要塞时写成的。当时，此案已经警方侦查，正等候判决。

大家知道，作者被判死刑，直到临刑前一刻，才由沙皇特赦，改判苦役。作者在被发配服苦役后，这部作品的手稿交给了他的兄长米·陀思妥耶夫斯基。小说直到1857年才在《祖国纪事》杂志首次发表。因当时作者被剥夺了发表作品的权利，是由其兄用化名"М-ий"代为发表的。

这个中篇是作者最富抒情性的作品之一。色彩靓丽，充满温馨，故事生动、曲折、隽永，令人陶醉。很难设想，这是作者在阴暗潮湿的监狱里，在生死未卜的情况下写成的。

这部小说很容易使人想起屠格涅夫的小说《初恋》，二者有异曲同工之妙。无独有偶的是，当《小英雄》于1860年收入《陀思妥耶夫斯基文集》第1卷的时候，几乎同时，《读者文库》第3期也刊出了屠格涅夫的《初恋》。

在基督身边过圣
诞节的小男孩

然而，我是写小说的，似乎，有则"故事"是我自己编出来的。为什么我说"似乎"呢？因为我自己心里明白：正是我编的，但是我总觉得，这事好像在某时某地发生过，这事真的发生过，而且就在圣诞节前夜，在某个大城市，在一个可怕的大冷天。

　　我仿佛看见，在某个地下室，有个小男孩，但是，还很小很小，才六岁光景，甚至还不到。早上，在阴冷、潮湿的地下室里，这孩子醒了。他穿着一件说不上是什么的小大褂，在发抖。他呼吸的时候，嘴里冒出一团团白气，他坐在旮旯里的一只大木箱上[①]，因为无聊，故意往外哈气，看着热气从嘴里冒出来，觉得很好玩。但是他饿，很想吃点东西。从一早起，他已经好几次走到硬板床跟前，床上躺着他有病的母亲，她身下铺着一床薄得像烙饼似的床垫，头下枕着一个包袱，用来代替枕头。她怎么会到这里来的呢？想必是领着自己的孩子从外地来，忽然病倒了。这个贫民窟的老板娘在前两天就被抓到警察局去了，因此，住

[①]　在旧俄，穷人家的孩子常以木箱代床，睡在家中放衣物的大木箱上。作者童年时也是睡在木箱上的。

157

在这里的人也就散了，时当过节，只剩下一名懒汉，还没等过节就喝得烂醉如泥，已经躺了整整一天一夜。在这屋子的另一个旮旯里，有位八十岁的老太太，因闹关节炎在不住哼哼。这老太太曾在某时某地给人家当过保姆，可现在孤苦伶仃，快要死了。她成天价唉声叹气，唠唠叨叨地数落那男孩，所以这小男孩感到害怕，再也不敢走到她那个旮旯里去了。他在门斗里弄了点水，喝了个够，但是哪里也找不到吃的，他已经约莫第十次跑过去想叫醒自己的妈妈，末了，在黑暗里，他感到害怕：夜幕早已降临，也没人来点灯；他伸出手，摸了摸妈妈的面孔，他奇怪：她怎么一动不动，而且全身冰冷，像她身旁的那堵墙似的。"这里太冷了。"他想，站了一会儿，不知不觉忘了他那手还放在死人的肩膀上。后来，他向自己手指上哈了口气，想暖和暖和，忽然，他在硬板床上摸到了自己的那顶破帽子，于是他就摸索着，悄悄地走出了地下室。本来，他早就出去了，可是他怕蹲在上面楼梯上的那条大狗，那狗老在邻居家的门前叫，已经叫了一整天，但是现在那狗已经不在那里了，因此他便一溜烟上了大街。

主啊，多热闹的城市啊！他还从来没见过这样的城市。他从外地来。那儿，每到夜里，就一片漆黑，整条街才有一盏路灯。矮矮的小木屋总是关着百叶窗；天一黑，就空荡荡的，没一个人，大家都插上门，躲在屋里，只有成群结队的野狗，几百只，几千只，在嚎叫，在彻夜嚎叫和狂吠。但是，那里毕竟很暖和，还给他东西吃，可这里——主啊，能吃点东西该多好啊！这里，车轮声，马叫声，到处灯红酒绿，人来车往，而且冷，冷得要命！跑得气喘吁吁的马，从嘴里和鼻子里喷着热气，可是这热气一喷出来就霎时变得冰冷；马蹄踏穿松软的积雪，踩到了石头，发出嘚嘚的响声，真是人挤人，车挤车；而且，主啊，真想吃点儿东西，哪怕随便什么东西，就给一小块呢。忽然，他的手指和脚趾感到疼极了。一名维持秩序的警察走了过来。他扭过头，装作没看见这孩子。

瞧，又是一条街——啊，多宽呀！在这里，肯定会被挤死或者压死的，瞧他们大家那个嚷嚷劲儿，东奔西跑，人来车往，而且灯红酒绿，一片灯光！这是什么呀？嚯，多大的玻璃呀，玻璃后面是房间，房间里立着一棵树，高得顶到了天花板；这是圣诞树，圣诞树上挂着多少灯呀，挂着多少金光闪闪的小纸片和大苹果呀，而周围，就在这房间里，还放着不少洋娃娃和小木马；孩子们在屋里跑来跑去，穿得又漂亮又干净，他们在笑，在玩，在吃点心，在喝饮料。瞧，这小女孩跟一个小男孩跳舞了，多好看的小女孩呀！还有音乐，透过玻璃窗都听得见。小男孩诧异地看着，瞧，他笑了，可是他的脚趾在疼，手指也冻得红红的，都弯不过来了，一动就疼。忽然，小男孩想起，他的手指和脚趾疼极了，他哭了，又往前跑，他又透过一扇玻璃窗看见一个房间，那里也有一棵棵树，但是桌上有点心，花样多极了——玫瑰红的、大红的、黄的，桌旁坐着四位阔太太，谁过来，她们就给谁发点心。屋门不停地打开，从外面进来看她们的有许多老爷太太[①]。小男孩悄悄走过去，忽然推开门，走了进去。嘿，向他那个挥手，那个嚷嚷呀！一位太太急忙走过来，往他手里塞了枚钢镚儿，亲自给他拉开了当街的门。他多害怕呀！那枚一戈比的小钢镚儿一下子从他手里滚了出去，丁零当啷地滚下了台阶；他那红红的小手指没法儿弯曲，抓不住那钢镚，小男孩跑了出来，急急忙忙往前走，去哪儿，他也不知道。他又想哭，但是心里害怕，于是跑呀，跑呀，边跑边往小手上哈气，这时，一阵愁苦抓住了他，他忽然感到十分孤独和可怕，可是突然，主啊！这又是什么玩意儿呢？一大群人站着，在大惊小怪地看一样东西：窗台上，玻璃后面，有三个玩具娃娃，小小的个儿，穿着红红绿绿的衣服，跟真人完全一模一样，一个小老头坐着，好像，在拉一把大的小提琴，另外两人站在一旁，在拉两把不点大的小提琴，而且随着节拍晃着

---

① 　　这是这个穷孩子眼里的食品店，而且小小的年纪已经有了等级观念：售货员是阔太太，而进去买东西的顾客则是老爷太太。

小脑袋，你看我，我看你，小嘴一张一合的，在说话，真的在说话——不过，隔着玻璃窗，听不见，小男孩起先以为它们是真的，后来才忽然明白过来，是玩具娃娃，他突然笑了起来。他从来没有见过这样的玩具娃娃，也不知道世上竟有这样的稀罕物件。他真想哭，但是冲洋娃娃哭，岂不太可笑了吗？他冷不丁好像觉得，有人在背后一把抓住了他的褂子：一个又大又凶的男孩站在他身旁，猛地给了他一脑瓜，把他的帽子打落在地，接着又从下面扫了他一腿。小男孩摔了个屁股蹲儿，忽地，有人喊打，他吓昏了，一骨碌爬起身，撒腿就跑，跑呀，跑呀，突然他自己也不知道跑到哪了，他钻进门洞，跑进了人家的院子①，他在劈柴垛后面坐了下来："这里，他们肯定找不着，而且黑黑的。"

他坐下来，缩起身子，吓得气都喘不过来了。忽然，完全突如其来地，他觉得舒服极了；小手不疼了，小脚也不疼了，而且十分暖和，跟躺在炕上似的暖和极了②；猛地，他全身打了个哆嗦：啊呀，他差点

---

① 旧俄的公寓楼，临街的一面有个大门洞，供居民和车马出入，门洞里面是院子，院子四周是其他公寓楼。
② 俄国的炕比中国的要高，兼作炉灶，上面睡觉，下面做饭。

睡着了！在这里睡上一觉该多好呀！"先在这里坐会儿，再跑去瞅那些玩具娃娃，"小男孩想，一想到洋娃娃，他不由得微微一笑，"就跟真的一样！……"他忽然听见，在他身旁，他妈妈唱起了一支歌。"妈妈，我在睡觉，哎呀，在这里睡一觉该多好呀！"

"孩子，上我那去参加圣诞晚会吧。"一个低低的声音突然在他身旁低语。

他原以为这还是他妈，但是不，不是她；到底是谁叫他呢，他看不见，但是的的确确有个人在他身旁弯下了腰，在黑暗中抱住了他，而他也向那个人伸出了手……忽然——噢，多亮呀！噢，多美丽的圣诞树呀！而且，这不是一般的圣诞树，他还从来没见过这样的树！现在，他到底在哪呢：一切都在发光，一切都喜气洋洋，而且周围全是洋娃娃，但是不，这是一些小男孩和小女孩，不过他们通体穿得漂漂亮亮的，全围着他旋转，跳舞，大家都来亲吻他，拉他的手，拉他一起跳舞。他自己也觉得在飞呀，跳呀，而且他看见：他妈妈在看他，在冲他快乐地笑。

"妈妈！妈妈！啊，这里多好呀，妈妈！"小男孩向她叫道，又跟别的孩子连连亲吻，他真想快点告诉他们，他在玻璃窗后面看到的那些洋娃娃。"你们是谁呀，小男孩？你们是谁呀，小女孩？"他问道。他在笑，他爱他们。

"这是'基督的圣诞晚会'。"他们答道，"基督每年都在这一天为人间没有自己圣诞树的小朋友举行圣诞晚会……"他认出了，这些小朋友都是跟他一样的小孩，但是其中有些孩子早在自己的箩筐里冻死了，他们是让人装在箩筐里，扔在彼得堡官员家门口的楼梯上冻死的，另一些则是由那些荷兰娘们把他们从育婴堂里领出来后，在她们家，让烟给熏死的①，再有一些则死在自己母亲的干瘪的乳房上（在萨马拉省闹饥荒的时候②），还有一些则在三等车厢里被难闻的臭气憋死了。现在，他们全在这里，现在，他们全像一个个小天使，大家都在基督身边，基督也待在他们中间，

---

① 旧时，彼得堡四郊的农民，多数为荷兰裔的俄国人。她们从育婴堂里领养孩子，主要是为了得些衣物和钱财，并不关心孩子的死活，因此被她们领养的小孩死亡率极高。

② 1871—1873年，俄国萨马拉省严重歉收，造成大饥荒。

向他们伸出双手，祝福他们和他们有罪的母亲……这些孩子的母亲也全站在这里，站在一旁，在哭；每个母亲都认得自己的男孩或女孩，他们舞到她们身边，亲吻她们，用他们的小手替她们擦去眼泪，劝她们别哭，因为他们在这里感到很幸福……

而在人间，第二天早上，看门人发现了一具小尸体，这是一个跑进来冻死在劈柴垛后面的小男孩；经四处查询，总算找到了他妈妈……她比他还死得早；他俩在天上，在我主上帝的身边相会了。我为什么要编造这样的故事呢，而且这与一幅普通的、以理性分析为主的日记，并且还是作家日记①，是如此不协调？还声称要讲的主要是真人真事呢！不过是这么回事，因为我总觉得，总好像看到，这一切是完全可能发生的，我是说发生在地下室和劈柴垛后面的事，至于天上，在基督身边，关于圣诞晚会——这到底能不能够发生呢，我就不知道怎么对你们说了。谁让我是写小说的呢，写小说就难免虚构嘛。

① 本篇原收入作家1876年1月的《作家日记》。《作家日记》是陀思妥耶夫斯基自己编写、自己发行的刊物，以时评为主。

百岁人瑞

"今天上午，我在家耽搁的时间太长了，"前不久有一位太太告诉我，"因此，出门的时候都快中午了，而我偏偏有许多事要办。恰好，在尼古拉街，我要到两个彼此相距不远的地方去。首先，我去了办事处[①]。就在这楼的大门旁，我遇到了这位老太太。我觉得她已经非常老了，弯腰曲背，拄着木棍，但是我终究没能猜到她的年龄；她走到门口，就在大门旁的一个小旮旯里，找到看门人的小板凳，坐下来歇歇。但是我匆匆走了过去，她只在我眼里闪了一下。

　　"约莫十分钟后，我从办事处出来，而在这儿，相隔两幢楼，有一家商店，还在上星期，我就在这儿给索尼娅定做了一双皮鞋，因此我想顺便去拿鞋。但是抬头一看，那位老太太现在又坐在这幢楼的大门口了，还是坐在大门旁的一张小板凳上，而且看着我；我冲她笑了笑，便进了商店，拿了鞋。嗯，过了三四分钟——我又继续往涅瓦大街走去，可是一看——我遇到的那位老太太，已经在第三幢楼房的大门口了，还

---

① 　指印刷陀思妥耶夫斯基作品的印刷厂办事处。

是坐在大门旁，不过不是坐在小板凳上，而是斜靠在门前的一个突出部，这里的大门旁，没有小板凳。忽然，我在她面前不由得停下了脚步：我想，她在每幢楼前都要坐一坐，这干吗呢？

"'你累了吧，老太太？'我问。

"'累啦，好闺女，老觉着累。我想：天气暖和，太阳亮亮儿的，我上孙女家去吃顿饭。'

"'那你，老奶奶，去吃饭喽？'

"'吃饭，好闺女，吃饭。'

"'可是你这么走是走不到的呀。'

"'不，能走到。就这样，走几步，歇一歇，过会儿，再站起来，再走。'

"我望着她，心里非常好奇。这位老太太，小小的个儿，干干净净，衣服破旧，想必是手艺人出身，挂着木棍，脸色苍白而且发黄，皮包骨，嘴上没一丝血色，像具木乃伊，可是却坐着——笑容可掬，太阳笔直地照着她的脸。

"'老奶奶，你想必很老了吧？'我问她，不用说是开玩笑。

　　"'一百零四岁啦，好闺女，才一百零四岁，还小呢（她这在开玩笑）……你这上哪呀？'

　　"她瞧着我……在笑，也许，因为能跟别人说说话儿，心里觉得高兴，不过我奇怪：一个百岁老人竟爱管这种闲事——我上哪，好像这对她很重要似的。

　　"'是这么回事，老奶奶，'我也笑了，'我到商店去取双鞋，现在拿回家去。'

　　"'瞧，小小巧巧，我说这鞋；你有个小姑娘？敢情好。还有别的孩子吗？'

　　"她又满脸堆笑地望着我。她两眼晦暗，几乎跟死人一样，然而却好似有一道温暖的光从她眼里射出来。

　　"'老奶奶，给你一个五戈比的钢镚，要吗？给自己买个小白面包吧。'我把钢镚递给她。

　　"'我要这钢镚干啥呀？好吧，谢谢，就收下你这钢镚吧。'

"'那么，给，老奶奶，别见怪。'她拿了。看来，她没有乞讨，还没到这地步，但是，她收下我的钱态度十分自然，完全不像接受施舍似的，而是好像出于礼貌，出于她心好。不过，她心里很高兴也说不定，因为谁会跟她这么一个老太太说话呢，而这会儿，非但跟她说话，而且还这么爱她，关心她。

"'好了，再见吧，老奶奶，'我说，'你慢走，顺顺当当地走到目的地。'

"'会走到的，好闺女，会走到的。我会走到的。你上孙女那去吧。'老太太弄错了，忘了我家那妞是闺女，而不是孙女，大概她以为，所有的人都应该有孙女吧。我走了，又回过头来，最后一次看了看她，我看见她站起身来，慢慢地，吃力地，敲了一下木棍，颤巍巍地沿着大街向前走去。说不定，她走到自家人那儿'吃饭'，一路上还要休息十来次。她这是上哪吃饭呢？这老太太也真怪。"

我在发生这事的同一天就听到了这故事，说真的，这不能算故事，而是路遇一位百岁老妪的一点感想罢了（可不是吗，如果你遇到一位百岁老妪，而且内心生活这么充实，能不浮想联翩吗？）——我听过这故事后，也就把故事完全忘了，已是深夜，我读完杂志上的一篇文章后，把杂志撂在一边，忽然想起了这位老太太，不知为什么，霎时就给自己勾画出了这故事的续篇：她怎样走到自家人那儿吃饭，脑子里浮现出了另一幅也许十分合乎情理的小小的画面。

她的孙女，也许是重孙女，反正她把她们笼统地都叫作孙女，大概是什么同业工会里的手艺人，不用说，都成了家，要不然，她也不会上她们家吃饭了。他们住在地下室，也许还租了间理发店，这些人当然都是穷人，但是，他们毕竟还有饭吃，而且遵循着一定的规矩。她颤巍巍地走到他们家的时候，很可能已经一点多了。他们没料到她会来，但还是很欢迎她，也许还相当亲切。

"嘿，玛丽亚·马克西莫芙娜来了，请进，请进，上帝的女奴，快快请进！"

老太太笑容可掬地走了进去，入口处的那门铃，因为有人进进出出，丁零当啷地、刺耳地响了很久。她的孙女想必是这位理发匠的老婆，至于这位当家的，人还不老，约莫三十五岁光景，但是由于职业的关系，为人稳重，虽然这门手艺登不了大雅之堂，不用说，他穿了件像张烙饼似的满是油渍的大褂，因为蹭了发蜡呢，还是因为什么，我就说不清了，反正我从来没有见过一位理发匠不是这模样的，他们身上那件大褂的领子好像在面粉里滚过似的。三个不点大的娃娃（一个男孩，两个女孩），呼啦一声统统跑到了太姥姥身边。通常，这种太老的老人，不知为什么总跟孩子们很合得来；她们自己在心理上也变得非常像孩子，有时甚至一模一样。老太太坐了下来；主人家不知有客呢，还是有事，反正有位熟人，四十上下，已经准备要走了。此外，还有个外甥（他姐姐的儿子）在他们家做客，这是个小伙子，十七八岁，正在想办法进印刷厂做工。老太太画了个十字，边坐下，边望着客人：

"唉，累啦！这是哪位呀？"

"您问我？"客人笑着回答，"怎么啦，玛丽亚·马克西莫芙娜，难道连我也认不出来了？前年个，咱俩不是老张罗着想到树林子里去采蘑菇吗？"

"嚯，是你呀，我认识你，老爱打哈哈，耍贫嘴，我记得你，只是你叫什么来着，记不清了，不过你是什么人，我记得。唉，我有点累啦。"

"玛丽亚·马克西莫芙娜，好老太太，我老想问你个事儿，您那个儿怎么一点不见长呢？"客人开玩笑地问。

"唉呀，去你的。"老太太笑道，但是看得出来，她很开心。

"玛丽亚·马克西莫芙娜，我可是好人哪。"

"跟好人说说话也有趣儿，唉，孩子他妈，我老觉着喘不过气来。给谢辽仁卡那大衣大概做得了吧？"

她指着孙女婿即那个外甥。

那外甥是个胖胖乎乎、脸蛋红红的小伙子，他咧开嘴，笑嘻嘻地凑了过来；他身上穿了件崭新的灰大衣，他每次穿这大衣都不能不透着一股得意劲儿。除非再过一星期，才会显得满不在乎，可现在，他时不时望着自己身上的翻袖和翻领，时不时照镜子，打量着自己全身。对镜顾盼，不由得对自己肃然起敬。

"你过来，转过身来。"理发匠老婆像开机关枪似的说道，"你瞧，马克西莫芙娜，做得多好！现如今，不把钱当钱，六卢布就跟一戈比似的，在普罗霍雷奇那儿，人家对我们说，再贱，现在就不值当下手了，以后，你们准会哭鼻子，而这样的，穿起来没个坏。瞧这料子！你转过身来呀！多好的里子，多结实，多结实，你倒是转过身来呀！这么一来，钱就花多了，马克西莫芙娜，咱们的钱不经花。"

"唉，孩子他妈，如今这世道什么都贵，简直没法说；你还是别跟我提这事好，免得心烦。"马克西莫芙娜动情地说道，她仍旧觉得喘不过气来。

"好了，聊够啦，"当家的说道，"该吃饭啦。我看，玛丽亚·马克西莫芙娜，你大概很累了吧？"

"嘿，真聪明，一猜就着，我累啦，今儿个又暖和，又有太阳；我想，去看看他们吧……老躺着也不是个事儿。啊呀！我路上遇到一位太太，年纪轻轻儿的，给孩子买了双鞋。她说：'你怎么啦，老太太，累了吗？给你一个五戈比的钢镚儿：给自己买个小面包吧……'你知道吗，我就收下了这钢镚儿……"

"我说奶奶，你先歇会儿，今儿个，你怎么老喘不过气来呢？"当家的不知怎么突然十分关切地问。

大家都抬起头来看她；她的脸忽然变得十分苍白，嘴唇也变了色，变得白极了；她也打量着大家，但是目光有点昏暗。

"我想，也好……给孩子们买点糖饼吃吧……我是说钢镚儿……"

她说到这里又停了下来，又喘了口气。大家默不作声，这样过了约莫五秒钟。

"怎么啦，奶奶？"当家的向她弯下了腰。

但是，奶奶没有回答，又是相对默然，又过了约莫五秒钟。老太太的脸似乎变得更白了，似乎，整个脸忽地塌了下来。眼神定住了，嘴上的微笑也凝固了；两眼直视前方，又似乎什么也看不见。

"快去请牧师吧！……"客人突然在背后匆匆低语。

"是不是……太……晚了呢……"当家的喃喃道。

"奶奶，啊奶奶？"理发匠的老婆忽地全身惊惧不安，使劲儿叫老太太；但是奶奶一动不动，只看见头渐渐歪向一边；放在桌上的那只右手还攥着那个五戈比钢镚，而左手却仍旧放在那个年龄最大的外曾孙米沙，一个约莫六岁的小男孩的肩上。他一动不动地站着，惊奇地睁大了眼睛，打量着太姥姥。

"走啦！"当家的弯下腰，庄严地、不慌不忙地说道，轻轻画了个十字。

"可不是嘛！怪不得呢，我看见她整个人老往一

178

边歪。"客人感慨地、若断若续地说道；他感到非常吃惊，不住左顾右盼，望着大家。

"啊，主啊！可不是嘛？现在咋办呢，马卡雷奇？难道把她送那儿①？"女主人手足无措，叽叽喳喳地、匆匆地说道。

"咋能送那儿？"当家的俨乎其然地答道，"咱自己料理后事；你是不是她亲属？应当先报丧。"

"一百零四岁，啊！"客人在原地倒换着两脚，感慨万千。不知为什么，满脸通红。

"是啊，最后这几年都忘了咋过日子了。"当家的更加庄重、更加俨乎其然地说道，一边找帽子，一边取下外套。

"一分钟前还笑哩，多开心！那钢镚儿还攥在手里！她说，买点儿糖饼，唉，咱这日子！"

"我说咱们走吧，彼得·斯捷潘内奇。"主人打断了客人的话，两人走了出去。对这样的百岁老人，当然就不必哭了。一百零四岁，"无疾而终，无羞无愧地

---

① 指教堂义冢。

走了"。女主人派孩子去请街坊帮忙。眨眼工夫，街坊们都来了，她们几乎很有兴致地听完了告诉她们的消息，一边哎呀连声，连连叹息。不用说，第一件事是生茶炊。孩子们挤在旮旯里，脸上透着惊异，远远地望着死了的太姥姥。不管米沙将来活多久，他将会始终记得，老太太死了，竟把手忘在了他的肩膀上，而一旦他也死了，恐怕普天之下就再不会有人记得，也不会有人打听，从前呀，有这么一位老太太，活了一百零四岁，活着干什么和怎么活过来的——一概茫然。再说，记这些又干吗呢，还不是反正一样。千千万万的人就这么走了：无声无息地活着，又无声无息地死去。除非是这些百岁老人临终的那一刻，包含着某种感人至深的、静静的，甚至好像某种庄严的、使人释然恬静的东西：一百岁，不知道为什么至今都对人起着某种奇怪的作用。愿上帝祝福那些普通而又善良的人的生和死。

然而，就这样，这仅仅是一幅轻松而又没有情节的画面。诚然，原拟把一个月前听到的这故事改写成某种比较有趣的东西，可是一下笔，偏偏不行，或者"文不对题"，或者"言不由衷"，直到最后，就剩下这些最没情节的东西了……

农夫马列伊

但是，我想，所有这些professions de foi^①读来都十分乏味，所以我还是讲个故事吧，其实这也算不上故事，无非是一则遥远的回忆而已。然而不知为什么我却很想就在这里，就在现在，在这篇论人民的文章行将结束之际^②，来讲讲这件遥远的往事。我当时才九岁……但是，不，我还是从我二十九岁那年讲起好。

那天是复活节的第二天。空气暖和，天空湛蓝，太阳高挂着，"风和日丽"，但是我的心头却很晦暗。我在牢房后面踯躅，看着囚堡结实的木桩栅，一根根地数着木桩，其实我并不想数它，虽然已成了习惯。第二天监狱里"过节"，苦役犯没让出工，喝醉酒的人很多，在所有的角落里都不时传出谩骂声和争吵声。下流龌龊的小调，躲在床板下打牌聚赌，还有几名苦役犯因为闹得太不像话而受到同伴们的制裁，已经被打得半死，躺在通铺上，被蒙上了羊皮桶，直到他们恢复知觉和苏醒过来时为止，已经有好几次彼此拔刀相向。这一切，在两天节日期间，都使我痛苦不

① 法语：宣传信仰的布道文章。
② 这篇故事原载于1876年2月号的《作家日记》，它前面有一篇作者写的专论《论爱人民》。作者认为俄国人民虽然粗野无知，但在精神上却是高尚的。

堪。我一向就受不了，就很讨厌这种聚众狂饮，纵酒胡闹，而在此地，则尤甚。在这些日子里，连典狱官也没来囚堡视察，没来搜查，没来寻找白酒，因为他们懂得还是应该，一年一次，让这些社会渣滓快活快活，要不然的话，情形会更糟。终于我怒火中烧。我遇到了那个政治犯，波兰人 M- 茨基[①]，阴阳怪气地看了看我，两眼忽闪了一下，嘴唇开始发抖："Je hais ces brigands! [②]"他向我咬牙切齿地低声说，说罢便扬长而去。我回到牢房，尽管一刻钟以前我还像发疯似的从牢房里跑出去，因为当时有六名壮汉齐心协力地一下子扑向喝醉了的鞑靼人卡津，动手制服他，打他；他们荒唐地拼死命揍他，这样打法，恐怕连骆驼也会被打死的；但是他们知道这个赫拉克勒斯[③]是很难打死的，因此毫无顾忌地拼命揍他。现在，我回去以后发现，在牢房的尽头，在通铺的一个旮旯里，卡津正不省人事地躺着，几乎没一点生命的气息；他躺着，蒙着羊皮桶，大家都不声不响地绕着他走：虽然他们坚

---

① 指被流放的波兰革命者亚历山大·米列茨基。（参见《死屋手记》）
② 法语：我恨这些强盗！
③ 希腊神话中的英雄和大力士。

信明天天亮前他一定会苏醒过来，"可是这样打法，保不住会把人打死的"。[1]我走到自己的铺位，面对装有铁栅栏的窗子，仰面躺下，两手枕在脑后，闭上了眼睛。我喜欢这样躺着：睡着了，就没人来纠缠了，这时就可以幻想和思考一些问题。但是我没有幻想成；心在不安地跳动，而耳朵里则响着M‐茨基的声音："Je hais ces brigands!"其实，又何必描写这时的印象呢；直到现在，有时在夜里，我还会梦见当时的情形，没有比这样的梦更令我痛苦的了。人们或许会发现我至今一次都没有在报刊上谈过我在苦役营的生活；《死屋手记》是十五年前写的，以一个虚构的人物，以一个杀妻犯的口吻写的。我想顺便补充一个细节，从那时起，许多人认为，甚至现在还硬说，我是因杀妻罪而被流放的。

渐渐、渐渐地，我还真的浮想联翩，不知不觉地浸淫于回忆之中。在我服苦役的整整四年中，我不断地回忆我的所有往事，似乎在回忆中我重新体验了一

①　　以上关于监狱情景的描写，均见作家的《死屋手记》。

遍我过去的全部生活。这些回忆都是油然而生，我很少主动唤起它们。先是从某个点，有时是从某个察觉不出来的线开始，然后渐渐、渐渐地扩展成为整幅画面，变成强烈的、完整的印象。我分析这些印象，对早已经历过的事赋予新的特点，主要是修正它，不断地修正，并以此作为我的全部乐趣。这一回，不知为什么我陡地想起了我初入童年，当时我才九岁的一个很不显眼的瞬间，这一瞬间似乎完全被我忘却了；但是当时我特别喜爱回忆我最初童稚未开的时代。我不由得想起在我们村里的一个八月天：天气干爽而又晴朗，但是略带寒意，有风；炎夏即将过去，很快就要回莫斯科，又要无聊地去上一冬天的法语课了，而我非常舍不得离开农村。我走过打谷场，接着便下山进了峡谷，登上洛斯克——峡谷对面一直到小树林，有一片茂密的灌木丛，我们管这地方叫洛斯克①。我钻进树丛深处，听见在不远处，约三十步开外，在一片空地上，有一名农夫在独自耕地。我知道他耕的是

① 意为绿油油的，一片苍翠。

一块陡坡，马走得很吃力，我间或听到他的吆喝声："驾——驾！"我几乎认识我们家的所有农夫，但是我不知道现在谁在耕地，然而，我无所谓，因为我正在专心致志地做自己的事，我也挺忙：我正在给自己掰折着一根核桃树枝，用来抽打青蛙。核桃树枝，样子好看，但是很不结实，比桦树枝差远了。我对瓢虫和甲虫也很感兴趣，我搜集它们，有的长得非常漂亮；我也喜欢小而灵巧的、身上长有黑点的、红黄色的蜥蜴，但是我怕蛇，不过碰到蛇的机会要比碰到蜥蜴少多了。这里的蘑菇很少；采蘑菇必须到桦树林去，而我正准备去。生活中，我最喜欢的东西莫过于森林了，因为森林里有蘑菇和各种野果，有瓢虫和小鸟，有刺猬和松鼠，有我非常爱闻的树叶腐烂后潮湿的气味。甚至现在当我写到这些的时候，我都能闻到我们乡下桦树林中散发的清香：这些印象终生难忘。突然，在寂静无声中，我清楚而又清晰地听到有人在喊："狼来了！"我一声惊呼，吓得魂不附体，也大声喊叫着，跑到林间空地，径直向耕地的那名农夫跑去。

这是我们家的农夫马列伊。我不知道有没有这样的名字，但是大家都叫他马列伊——这名农夫约莫五十开外，身板很结实，相当高，在深褐色的长得又宽又密的大胡子中已有不少银须。我认识他，但是以前我从来没有机会同他说过话。他听到我的叫声后，甚至勒住了骣马，当我拼命跑过去，一只手抓住他的木犁，另一只手抓住他的衣袖时，他才看清了我的惊慌失色。

"狼来了！"我气喘吁吁地叫道。

他扬起头，不由得环顾了一下四周，一时间几乎相信了我的话。

"狼在哪？"

"有人叫……刚才有人叫'狼来了'……"我嗫嚅道。

"你怎么啦，怎么啦，哪来的狼呀，你听错了吧！瞧，这哪会有狼呢！"他鼓励着我，喃喃道。但是我浑身哆嗦，更紧地抓住他的粗呢上衣，想必，我面如土色。他带着不安的微笑望着我，分明在为我害怕和担心。

"瞧你怕成了这样，啊呀——呀！"他摇着头，"得啦，好孩子！瞧这小不点儿，啊呀！"

他伸出手来，忽然抚摩了一下我的脸蛋。

"嗯，得啦，嗯，基督保佑你，画个十字吧。"但是我没有画十字；我的嘴角开始发抖，似乎这使他特别吃惊。他慢慢地伸出他那长着黑指甲、被泥土弄脏了的粗大的手指，轻轻碰了碰我那发抖的嘴唇。

"瞧你这模样，啊呀，"他向我绽开了某种长长的、慈母般的微笑，"主啊，这是怎么啦，瞧你这模样，啊呀呀！"

我终于明白了没有狼，"狼来了"的喊声，只是我的幻觉。然而，这喊声又是那么清晰和明明白白，但是这样的喊声（不仅是关于狼来了）我过去也似曾听见过一两次，我也知道这情况。（后来，人长大了，这幻觉也就过去了。）

"嗯，那我走啦。"我说，疑惑而又胆怯地望着他。

"好，你走吧，我在后面瞧着。绝不让狼伤着你！"他又加了一句，始终像慈母般微笑着，"走吧，基督保佑你，快走吧。"于是他给我画了个十字，自己也画了个十字。我走了，几乎每走十步就要回过头来看看。我走开的时候，马列伊一直同他的那匹马站着，望着我的背影，每当我回过头去看他，他就向我点点头。不瞒你们说，我在他面前有点害臊，我竟怕成这样，但是我一边走一边仍怕遇见狼，直到爬上峡谷的斜坡，看到第一个干燥棚为止；直到这里，我的一颗心才完全放了下来，而且忽然不知从哪儿，我们家的看家狗陀螺向我飞奔过来。有了陀螺，我的心就完全踏实了，于是最后一次回过头去看了看马列伊；他的脸我已经看不清了，但是我感觉到他仍和方才那样在亲切地向我微笑和点头。我向他挥了挥手，他也向我挥了挥手，接着才驱马前进。

"驾——驾!"又传来遥远的吆喝声,那匹骣马又开始拽起自己的木犁。

我也不知为什么猛地想起了这一切,而且在细节上也十分准确。我突然清醒过来,坐在铺板上,记得我脸上还残留着因回忆而油然浮起的一丝淡淡的微笑。我又继续想下去,想了片刻。

当时,离开马列伊回到家后,我没有把自己的"历险记"告诉任何人。再说,这又算什么历险呢?何况当时我也很快把马列伊忘了。后来我也难得见到他,甚至也没有跟他说过话,不但没有提到过狼,而且也没有说过任何事,可是,忽然现在,过去了二十年,在西伯利亚,却异常清楚地想起了这整个邂逅,直到最后一个细节。可见,这次邂逅已不知不觉地留存在我心中,而且自然而然,并没有我的意志参与,而到需要想起来的时候又猛地想了起来,想起了这位穷苦农奴的温柔的慈母般的微笑,他给我和给自己画的十字,以及他的摇头:"瞧你都吓成了这样,小不点儿！"尤其是他那粗大的、被泥土弄脏的手指，轻轻地，带着一种胆怯的温存碰了一下我那微微颤动的嘴唇。当然，任何人都会安慰一个小孩，但是这里，在这个偏僻的邂逅中发生的事却似乎完全不一样，如果我是他的亲生儿子，他也不见得会用更加焕发着光辉的爱的目光来看我，而什么人迫使他非这样做不可呢？他是我们自家的农奴，而我毕竟是他的小少爷；谁也不会知道他曾经对我这么好，也不会因此而奖赏他。该不是他喜欢很小的小孩吧？这样的人也是有的。这邂逅是在一个偏僻的地方，在空旷的田野上，也许只有上帝才会从天上看到，某个粗鲁的、像野兽般无知的俄国农奴（当时他连做梦也没想到他将来会获得自由[①]），竟会充满如此深刻、如此开明的人情，竟会充满如此细腻的近乎女性般的温柔。康斯坦丁·阿克萨科夫在谈到俄国人民的高度修养时指的不正是这个吗？[②]

于是，当我从通铺上下来，环顾了一下四周之后，

[①] 指1861年的俄国农奴解放。

[②] 阿克萨科夫（1817—1860），俄国政论家、历史学家、诗人，斯拉夫派的理论家。他主张废除农奴制，但仍保持专制制度。陀思妥耶夫斯基在写《作家日记》中的这篇小说前曾发表一篇专论，评述阿克萨科夫的文章《论当代人》，并同意他在这篇文章中所表述的观点，而这篇小说是对阿克萨科夫的形象说明。

我记得，我忽然感到，我完全可以用另一种观点来看待这些不幸的人，忽然，像出现某种奇迹似的，我心中对他们的憎恨和敌意倏地烟消云散了。我迈步走去端详着我遇到的一个个人的脸。这个剃光了头、脸上打了烙印、备受污辱的、喝得醉醺醺的、直着嗓子在嘎哑地喊叫自己的醉汉歌的汉子，也许就是那个马列伊也说不定：要知道，我看不到他的心里去呀。当天晚上，我又一次遇到M-茨基。不幸的人！他已经不可能有任何关于什么马列伊的回忆了，他对这些人也不可能有别的看法，除了"Je hais ces brigands！"不，这些波兰人在当时承受了比我们更多的痛苦！

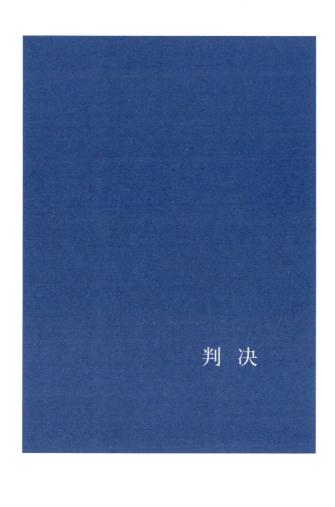

判　决

恰好，这里有一位自杀者由于苦恼而发的议论，不用说，这人是唯物主义者。

"……说真的：这大自然有什么权利把我生到这世界上来，它这样做基于自己的哪些永恒法则？我生而有知，也意识到这个大自然：它有什么权利未经我的允许就把我生成一个有意识的人呢？既然我有意识，因此也就有痛苦，但是我不想痛苦——因为我凭什么要同意接受这痛苦呢？大自然通过我的意识向我宣告，存在着某种总的和谐。于是人的意识便从这一宣告中造出了若干宗教。大自然告诉我，虽然我心里很清楚，我不能也永远不会参与到这总的和谐中去，而且也根本不可能了解它究竟是什么，但是我仍旧必须服从这一宣告，必须逆来顺受，为了总的和谐而接受这痛苦，同意活下去。但是如果让我自觉选择，那么，不用说，我宁愿仅仅在我存在的那一瞬间是幸福的，至于这整体及其和谐云云，在我消灭之后，与我毫不相干——在我去世之后，这整体及其和谐是否仍旧存在于这世上，还是与我一起立刻同时消灭，在我都一样。再说，我凭什么要操心在我去世之后它是否还依旧存留——这倒是个问题？还不如我生来就像所有的动物那样，也就是尽管活着，但是却不能理性地意识到自己那样；我的意识恰恰不是和谐，而是相反，是不和谐，因为有意识的我不幸福。诸位不妨看看，谁在世上幸福？什么人同意继续活下去？恰恰是那些形同畜生，就他们不发达的意识而言，更接近于动物类型的人。他们很乐意活下去，但是他们的生活条件却像动物一样，即吃喝睡觉，安家立业，生儿育女。至于要像人一样吃喝睡觉，那就必须发财，必须掠夺，至于要成家立业，那就必须主要靠掠夺。有人会反驳我说，似乎可以在理性的基础上，可以在有科学根据的、正确的社会原则上成家立业嘛，何必靠此前出现过的掠夺呢？就算这样吧，但是我倒要请问：因为什么？为什么要成家立业，为什么要花费那么大力气来正确地、理性地、合乎道德和循规蹈矩地在人类社会中成家立业呢？对于这个问题，当然，任何人也不能给予我正确的回答。他们能够回答我的无非是：'为了享受'。是的，如果我是一朵花或是一头母牛，我倒能得到享受。但是，像现在这样，不断地向自己提出问题，我是不会得到幸福的，即使我处在爱他人和人类对我的爱[①]这种最高级和最自然的幸福中，我也不可能幸福，因为我知道明天这一切就会统统消灭。而我，这整个幸福，这整个爱，以及整个人类——将统统化为乌有，化为过去的一片混沌。而在这样的情况下，我无论如何不能接受任何幸福——倒不是因为我不愿接受它，也不是因为我因原则而产生的某种固执，而不过是因为明天我就可能变为零，在这样的情况下，我不会幸福，也不可能幸福。这是一种感情，一种自然而然的感情，而我却战胜不了它。好吧，就算我死了吧，可是只要人类能代替我而永远存在下去，那么，也许，我毕竟还能得到某种慰藉。但是，要知道，我们的星

---

① 爱他人和人们彼此相爱，是基督教最基本的信条。

球不是永恒的，而且人类的生存也是有期限的——同我一样，一刹那而已。因此不管人类在这地球上安排得如何合乎理性，如何快乐，如何公正和神圣——这一切，到明天，都将成为那同一个零字。虽然，根据大自然的某种万能的、永恒的和僵死的法则，不知为什么，这结果却似乎是必需的，但是请相信，蕴含于这一想法中的，却是对人类的某种极大的不敬，是对我深深的侮辱，更因为这事无法归罪于任何人，因而令人更加无法忍受。

"最后，如果，甚至假设，这个关于人在地球上终究会在合乎理性和科学的基础上安置下来的神话，是可能的，并且相信这一神话，相信人们的幸福终将到来，但是，一想到大自然根据它的某种因循守旧的法则，在使人达到这一幸福之前，却必须千千万万年地先把人折磨个够，一想到这点，就使人无比愤慨，不能容忍。现在，再来说那个终于使人达到幸福的大自然，不知为什么，明天必须把这一切都化为零，尽管人类为了达到这幸福受尽了各种各样的苦难，而且，主要的是，凡此种种，它对我和我的意识还毫不隐瞒，可是它却向母牛隐瞒，不让它知道，这就使人不由得产生一个非常滑稽可笑，但又令人不能容忍的可悲的想法：'如果我来做一次大胆而又无礼的试验，把人插进泥土，目的只是为了看看这类生物是不是适合在泥土中生长，那又会怎样呢？'主要是，这想法的可悲之处在于这里仍旧没有可以指责的人，谁也没有做过这样的试验，也无人可以诅咒，而这一切无非是根据我完全不能理解的大自然僵死的法则产生的，而我的意识无论如何没法同意这些法则。Ergo[①]：

"因为我就幸福所提的问题，我通过我的意识从大自然那儿得到的回答仅仅是，我只有在总的和谐中才能得到幸福，舍此，别无他法，对于我来说，这显而易见：我永远无法理解这种所谓的总的和谐——

"因为大自然不仅不承认我有要它说明的权力，甚至对我的问题根本不予理睬——倒不是因为它不想回

① 　拉丁文：因此，所以。

答，而是因为它回答不了——

"因为我深信，大自然为了回答我的问题，肯定会将我自己指定给我（无意识地），并通过我的意识来回答我（因为我自己就一直在对我自己说这一切）——

"因为，最后，既然是这样，我就同时担任了原告和被告，既是受审人又是法官的角色，因此我认为这出喜剧就大自然方面而言是完全愚蠢的，而忍受这样一出喜剧，就我而言，我认为甚至是屈辱的——

"因此，我作为既是原告又是被告、既是法官又是受审人的这一无可置疑的角色，我判决这个无礼而又无耻地把我生出来受苦受难的大自然——与我同归于尽……可是，因为我无法消灭这个大自然，因此我只能消灭我自己一个人，唯一的原因就是因为忍受这种暴虐太苦恼了，而在这种暴虐中，居然并无可以归罪的人。"

N.N.[1]

---

[1]　拉丁文 Nomen nescio 的缩写，意为某人，某某。

认命的姑娘

（幻想小说）

作者的话

　　敬请读者见谅：这一回我仅以一篇中篇小说替代通常形式的《日记》。[①]但是我确实用了一个月的大部分时间来写这篇小说。因此，无论如何，请读者多多包涵。

　　现在先谈谈小说本身。我将它称为"幻想小说"，然而我本人却认为它是高度现实的。但是其中也确实有幻想的成分，这就是小说的形式，因此我认为有必要预先说明一下。

　　问题在于这既非小说，也非手记。试想，有一位丈夫，他妻子数小时前跳楼自尽，现在正躺在他家的桌子上。[②]

---

① 　1873年，陀思妥耶夫斯基先生在《公民报》上发表他写的《作家日记》，后来在1876年和1877年又以独立的月刊单独发行，1880年和1881年又各出一期。它的通常形式为时论，评论当代重大的社会政治事件和文学问题。但间或也使用其他形式，如小品文、回忆录、随笔、特写和小说等。

② 　俄俗：死人遗体先安放在长方形的餐桌上，然后入殓。

他惊慌失措，思绪纷乱，一时还理不出个头绪来。他穿过一个个房间，走来走去，竭力想把不久前发生的事弄个明白，"把乱糟糟的各种想法集中到一个点上"。再说，他又是个根深蒂固的抑郁症患者，喜欢自言自语。瞧，他现在就在自言自语，一面说着这事的原委，一面又似乎在弄清所以如此的原因。尽管他说得似乎头头是道，可是他又有好几回自相矛盾，无论在逻辑上，还是在感情上。他为自己辩护，把种种不是都推到她身上，而且还时不时作一些不相干的解释：由此既可以看出他思想和心灵的粗鄙，又可以看到他感情的深厚，渐渐地，他还真弄清了这事的前因后果，而且把纷乱的思想也"集中到了一个点上"。他浮想联翩，唤起了一连串回忆，终于使他不可抗拒地弄清了事情的真相；这真相也以不可抗拒之势提高了他的智慧和心灵。到临了，甚至连说话的腔调与开头的那种颠三倒四相比，也大大地变了。事情的原委与因果相当清楚和明确地展现在这个不幸的人面前，起码就他本人来说是如此。

本篇的主题就是如此。当然，这事的叙述过程持续了好几个小时，断断续续，东拉西扯，前后不一：他一会儿喃喃自语，一会儿又像跟一个看不见的人，跟某个法官在说话。这种情况在现实中也常有，如果一个速记员偷偷地听到他的话，并把它全部速记下来，那么与我的描写相比，将显得略微粗糙些，欠润色些，但是，依我看，其心理变化的前后程序将一仍其旧。设想有一个速记员把一切都速记了下来（在他之后，我又把他所记的东西做了一定的润色和加工），也就是我在这篇小说中称为幻想的成分。但是多多少少类似的写法已不止一次地出现在艺术中：比如维克多·雨果在他的杰作《死囚的末日》中就采取了几乎同样的手法，虽然他没有搬出一个速记员，但是他假设一个死刑犯居然有可能（而且有时间）记日记，不仅在他即将行刑的最后一天，甚至最后一小时，而且简直就在最后一分钟都能照记不误，这不是更不真实、更不可信吗？但是他如果不作这样的幻想，这作品本身不是也就不存在了吗？而这可是他所写的所有作品中最现实，也是最真实的啊！

第一章

一

我是谁和她是谁

……只要她在这里——一切还算好：我可以走过去，不时看看；可是等到明天把她抬走了，留下我一个人的时候怎么办呢？她现在躺在店堂里由两张牌桌拼成的长桌上，而棺材要明天才能运来，还有雪白、雪白的那不勒斯绸①，然而，我要说的不是这事……我一直走来走去，想弄清这事的前因后果。已经过去

---

① 指意大利那不勒斯产的质量高级、质地坚固的用作棺材衬里的绸子。

六小时了，我一直想弄清这事的原委，可是我思绪纷乱，总是集中不到一个点上。问题在于我总是走来走去，走来走去，走个不停……这事的经过是这样的。我干脆从头说起吧（从头！）。诸位，我远不是一个文学家，这你们都看到了，不是就不是吧。我只能按自己所理解的来讲。我的全部可怖之处也就在我全都明白。

如果诸位想知道，就是说如果从头讲起的话，那无非是因为她到我的店铺里来当东西①，以便支付在《呼声报》②上刊登求职启事的费用，即如此这般，有位家庭女教师，愿外出担任家教，也可在家授课，等等。这是开头的情况，当然，我也不觉得她与别人有什么两样：她像所有人一样，来当东西就是了。可后来我才发现她与众不同。她长得很苗条，一头金发，中高个儿；对我总是迟迟疑疑，笨手笨脚，好像不好意思似的（我想，她对所有的陌生人也都一样，而我，不用说，是这个人也罢是那个人也罢，也就是说，

① 指收取贵重抵押品放高利贷。性质与我国旧时的当铺同，但又不尽相同，是私人小额放债的一种形式。
② 是1863—1884年在彼得堡出版的一种周报。

不把我当作一个收当放债的人，而是当作一个普通人也罢，她都无所谓）。她一拿到钱立刻转身就走。总是不言不语，别人都会争论，都会央求，都会讨价还价，想多借给他些；她却不，给多少拿多少……我觉得我又说乱了……可不吗？我首先感到诧异的是她拿来抵押的东西：一副镀金的银耳环，一块蹩脚的项链坠——都是些只值二十戈比的东西。她自己也知道这些东西不值几文钱，但是我从她的脸色看得出来，这些东西对她很宝贵。果然，这就是她爸妈留给她的全部遗物，这是我后来才知道的。只有一回我冒冒失失地讥笑了她的东西。就是说，你们知道吗，我从来不允许自己这么放肆，我对顾客一直保持着一种绅士风度：话不多，客客气气，态度严厉，"严厉，严而又严"。可是她突然冒冒失失地拿来一件破破烂烂的旧兔皮袄（简直是一堆破烂）——我忍不住，忽然对她说了一句近乎挖苦的话。我的天，她腾的一下满脸绯红！她的眼睛是蓝蓝的、大大的，若有所思，但是，也陡地闪出了光！她一句话也不说，拿起她那堆"破烂"就——走了出去。也就在这时候我头一回特别注意到她，并且对她有了这一类想法，也就是说，某种特别的想法。是的，我还记得另一个印象，如果你们愿意听的话，最主要的印象，总括一切的印象：她简直太年轻了，年轻得像个十四岁的小姑娘。其实，那时候她差三个月就十六岁了。然而我要说的并不是这个，她给我的总的印象也根本不在这里。第二天她又来了。后来我才知道，她拿着这件兔皮袄曾到多布龙拉沃夫和莫泽尔那儿当过，但是这两位除了金器以外什么也不收，连话都不肯多说一句。有一回，我还收过她的一块宝石（很普通、很蹩脚的宝石）——后来我仔细一思量，自己都感到奇怪：除了金银器以外，我也是什么都不收的，可是却收了她的宝石。这是我当时对她的第二个想法，这，我记得。

这一回，也就是在莫泽尔那里碰了钉子以后，她拿来了一只琥珀烟嘴——东西还凑合，有人爱收藏这东西，但是在我们眼里仍旧一文不值，因为我们只收金银器。因为她今天来已经是在昨天的反抗之后，因此我对她的态度很严厉。我之所谓严厉，就是很冷淡。然而，我还是给了她两个卢布，但是又按捺不住，似乎有点生气地说："要知道，只是为了您我才这样的，换了莫泽尔，这样的东西他决不收。"我特别强调"为了您"这话，这是具有某种含义的。我一肚子气。她听到这"为了您"以后又腾地脸红了，但是没有吭声，没有扔下钱，收下了，人穷志短嘛！可是却满脸通红！我明白，我刺痛了她。而当她已经出去以后，我忽然扪心自问：这样战胜了她，难道就值两卢布吗？嘿嘿嘿！我记得，我把这问题向自己提了两回，"值吗？值吗？"我笑着暗自认定：值。当时我开心极了。但是，这样想并无恶意：我这是存心，是故意；我想考验考验她，因为我忽然动起了她的念头。这是我关于她的第三个特别的想法。

……于是从那时起一切就开始了。不用说，我立刻开始从侧面千方百计地打听她的全部情况，而且特别焦急地等她来。要知道，我有预感，她很快会来的。她果然来了，于是我就非常客气地同她进行了亲切的交谈。要知道，我受过不坏的教育，而且很有风度。嗨，我立刻就看到她很善良，也很温文尔雅。善良而又温文尔雅的人是不会长久拒人于千里之外的，虽然也不会对你立刻推心置腹，无所不谈，但是也绝不会对你的谈话扭头不顾：她们的回答虽然只有只言片语，但毕竟回答了，而且越谈下去，说的话越多，只要您不嫌累，而且您又乐意这样做的话。不用说，当时她什么也没有向我解释。关于《呼声报》和其他，这是我后来才打听到的。当时她费尽心思想刊登求职启事，不用说，起先很傲气，说什么"兹有一位家庭女教师，愿登门授课，条件函告"，接着是："愿做一切，教课，做陪伴①，照料家务，看护病人，善缝纫"，等等，一切都不言自明！不用说，这一切均以不同的方式附加在她的求职启事里，到最后，在走投无路之际，甚至

---

① 　指旧时贵族家庭中做老人、太太或小姐的女陪伴。

连"不要薪金，管饭就行"都写进去了。不行，还是找不到工作。当时我决定最后一次考验考验她。我忽地拿起当天的《呼声报》，给她看了一则启事："青年女子，父母双亡，愿任年幼儿童之家庭教师，优先考虑人过中年而家无主妇的男子。可为其减轻家务之劳。"

"给，瞧见了吧，这女人今天早晨刊出启事，傍晚一准就能找到工作。登启事就得这么登嘛！"

她又满脸通红，眼睛又腾地亮了起来，她转身就走。我很开心。然而我当时已蛮有把握，并不害怕：烟嘴什么的是不会有人要的。再说，她的烟嘴也已经当出去了。果不其然，第三天她来了，面色惨白，十分激动——我明白，她家一定出了什么事，还真的出了事。我马上就能说出是什么事，但是现在我只想提一提，当时我忽然对她做了一件非常漂亮的事，从而在她眼里提高了自己的地位。我忽然有了一个这样的打算。事情是这样的，她拿来了这帧圣像（她犹豫再三，终于拿来了）……啊，你们听呀！你们听呀！现在才正式开始了，要不然，我总是说乱……问题在于我现在想把所有这一切统统回想起来，这每一个细节，每一个细微之处。我总想把思想集中到一个点上，可是办不到，瞧，这些鸡毛蒜皮、零七八碎的事儿……

是一帧圣母像。怀抱圣婴的圣母像，一种在家庭供全家供奉的古老圣像，衣饰是银的，镀了金[①]——价值——唔，价值五六个卢布。我看到，这帧圣像对她很宝贵，整个圣像全当，而不是把衣饰先摘下来。我对她说，最好把衣饰摘下来，把圣像拿回去；要不然的话，当圣像毕竟有点那个。

"难道不许您收圣像？"

"不，倒不是不许，而是这样的，也许您自己……"

"好，那您就摘下吧。"

"您听我说，我也不把它摘下来，而是把它供奉在那儿的神龛里，"我沉吟了一下后说，"同别的圣像放在

---

① 俄罗斯的古老圣像，除面部和手以外，衣饰等均用金银及宝石装饰，属珍贵文物。

一起，供奉在神灯下（自从小店开张后，我一直点着神灯），您不必客气，拿十个卢布去用了再说。"

"我不要十个卢布，给我五卢布就成，我一定来赎。"

"您不要十个卢布？这圣像可值这么多钱呀。"我看到她的眼睛又闪亮了一下，便加了一句。她不吭声。我拿给她五个卢布。

"不要看不起任何人，我自己也遭遇过困境，说不定还更坏，您哪，如果说您现在看见我在干这行当……那也是在我经历了种种艰难困苦之后……"

"您是在报复社会？是吗？"她突然用一种相当尖刻的嘲笑打断我的话道。不过在这嘲笑中有许多天真无邪的成分（即一般的成分，因为当时她并不认为我同旁人有什么两样，因此她说这话几乎并无恶意）。"啊！"我想，"原来你是这样一个人，性格暴露出来了，新派^①。"

"您知道吗，"我立刻半开玩笑半神秘兮兮地说道，

---

① 指当时在俄国流行的虚无主义或社会主义思想：人的性格是由社会环境造成的，因此犯罪及做其他坏事等等，乃是对这个社会环境的反动，是对社会的报复。

"'我——我是那个整体的一部分，我想作恶，结果却是行善……'"①

她迅速而又十分好奇地看了看我，不过在这好奇中有许多稚气的成分：

"等等……这是什么思想？这话是谁说的？我好像在什么地方听到过……"

"别费脑筋啦，靡非斯特就是用这种说法向浮士德介绍他是何许人的。读过《浮士德》吗？"

"没……没仔细读过。"

"也就是说根本没有读过。应当读一读嘛。不过我看到在您嘴上又露出嘲讽的笑容，劳驾，请别以为我这人的趣味就如此低级，竟想给我这个收当放债者的身份脸上贴金，竟想对您自诩为靡非斯特。一个收当放债的人始终就是个收当放债的人。我们还是有自知之明的，您哪。"

"您这个人还真怪……我根本就不承想对您说这样的话……"

<hr>

① 源出歌德的《浮士德》，魔鬼靡非斯特对浮士德说的话。

她想说的是：我没料到您还是个有学问的人，但是她没有说，然而我知道她是这么想的；我投其所好，使她感到非常满意。

"您知道吗，"我说，"干什么都可以做好事。当然，我不是说我自己，比如说，除了坏事以外，我什么也不做，但是……"

"当然，任何地方都可以做好事。"她说，用迅速而又深有体会的目光看着我。"的确，在任何地方。"她又忽然加了一句。噢，我记得，所有这些瞬间我都记得！我还想补充一句，当这个年轻人，这个可爱的年轻人，想说什么很有道理和深有体会的话的时候，脸上总会突然显出非常真诚和非常天真的表情，似乎在说："瞧，我现在在对你说非常有道理和深有体会的话啦！"——这倒不是出于虚荣，像我们这样的人那样，而是，你知道吗，而是因为她自己非常珍惜这一切。她自己就深信不疑，十分尊重，她认为你也同她一样十分尊重这一切。噢，他们是真心实意地尊重和深信不疑！因此他们才无往而不胜。而这样的神态在她身上有多美啊！

我记得，我什么也没有忘记！她一出门，我就立刻决定了。当天我就去做了最后的调查，打听到了有关她所有其余的当前底细；而所有过去的底细我早打听清楚了，是从卢克里娅那里打听到的，当时卢克里娅在她们家当女佣，几天以前我已经把她收买了。这底细是那么可怕，我真不懂处在这样可怕的境地中，方才她怎么还笑得出来，还会对靡非斯特的话感兴趣。但是——她毕竟年轻！当时我正是这样想她的，我感到骄傲和快乐，因为这里正好反映出了她那开阔的胸怀：即使九死一生，歌德的伟大诗句仍能焕发光彩。一个人的青年时代，哪怕只是点点滴滴，哪怕是扭曲的，却总是襟怀开阔，无所不包。也就是说，要知道，我是说她，说她一个人。最主要的是，当时我已经把她看成是我的人了，并且毫不怀疑自己的魅力。要知道，当一个人毫不怀疑自己征服女人的魅力的时候，他便会产生一种强烈的非分之想。

但是我到底怎么啦。如果我这样下去，我什么时候才能说到点子上呢？快，快——问题根本不在这儿，噢，上帝！

二

求　婚

我打听到的关于她的"底细"，一言以蔽之：父母双亡，而且早已去世，已经有三年了，留下她一个人，跟着两个过得一团糟的姑姑过活。也就是说，说她们俩过得一团糟还嫌不够。一个姑姑是寡妇，拉家带口，有六个孩子，一个比一个小；另一个姑姑是个老处女，又老又可恶。两人都很可恶。她父亲是个小官吏，不过出身录事，顶多是个非世袭的贵族①——总之，一切都很合我的心意。我的身份似乎应属于上流社会：毕竟是某个显赫团队的退役上尉，世袭贵族，上无老下

---

① 指某人因多年辛劳，勤于公务，终于取得贵族称号，但仅限于本人，不得世袭。

无小，无牵无挂，等等，至于放债开钱庄，那她那两个姑姑对此只会肃然起敬。她在她的两个姑姑家做牛做马干了三年，但毕竟在什么地方通过了考试——居然考上了，从每天繁重无情的劳动中能抽空准备，居然能够考上——就她这方面而言，毕竟说明了什么，说明她奋发图强，力争做个高级的上等人！可是我想娶她又究竟为了什么呢？不过，关于我，先不去管它了，以后再说……而且问题也不在这里！她教姑姑的孩子们读书，替他们缝制衣服，到末了，不但做衣服，而且，尽管她肺部有病，还要擦洗地板，说白了，她们甚至还打她，责骂她光吃饭不干活。到后来，她们竟打算把她给卖了。不提这些肮脏的细节也罢，提了都叫人恶心！后来她把一切都详详细细地告诉了我。她家隔壁有个胖老板，观察了她整整一年，把这一切全看在眼里，不过这人不是一个普普通通的老板，而是一个开了两家食品店的小老板。他已经把两个老婆都毒打致死，现在正在寻找第三个，于是就看中了她，说什么"为人文静，在穷苦中长大，而我之所以娶她，是为了那几个没娘的孩子"。他还真有几个没娘的孩子。于是他上门求亲，开始跟姑姑们谈判，再说——他都五十岁了；她感到恐怖。因此她才一再光顾敝店，想在《呼声报》上刊登求职启事。最后，她只好求她的两个姑姑，先给她一点时间，让她好好想想。她们还真给了她一点时间，但是就这么一丁点，此外再不给了，硬逼她："没你这张多余的嘴，我们自己都不知道上哪找嚼裹哩。"这一切我全知道，当天晨祷以后，我就打定了主意。那天晚上，那掌柜的来了，从铺子里拿来了一俄磅价值半卢布的糖果；她陪他坐着，而我就把卢克里娅从厨房里叫了出来，我让她去悄悄告诉她，我在大门口等她，有非常要紧的事要告诉她。我对自己这样做很得意。总的说来，这一整天我都非常得意。

我把她叫出来，她已经感到十分惊讶了，而且我还在大门口，当着卢克里娅的面向她说明，我认为这是幸福，也是荣幸……其次，为了不使她对我这种做法感到惊奇，我说："我是个直来直去的人，我研究了全部情况。"我说自己爱直来直去，并没有说谎。唔，先不说它。我说这话的时候不仅彬彬有礼，也就是说表现出我是一个有教养的人，而且说得不落俗套，而这是最主要的。怎么，难道直言不讳地承认这点有什么罪过吗？我想对自己是怎样的一个人先作个判断，而且我也正是这么做了的。我应该有自知之明，说说自己的 pro 和 contra^①，而我也是这么说了的。即使后来，我想到这事，心里也是美滋滋的，虽然这很蠢：当时我直截了当地说，一点也不害臊，首先，我不特别有才，不特别聪明，也许，甚至也不特别善良，我是一个相当平庸的利己主义者（我还记得这个说法，这话我还在半道上就想好了，而且感到很得意）；其次，我在其他方面可能还有许许多多令人非常、非常不愉快的东西。这一切我都是以一种特别的自尊说出来，大家都知道，这话应当怎么说。当然，我这人还多

① 拉丁文：赞成和反对。此处意为优缺点，长处和短处。

少有点心计，不会冠冕堂皇谈了一通自己的缺点之后，而不痛痛快快地讲一点自己的优点："但是，除此以外，我还有如此这般的优点。"我看到，当时她还非常害怕，但是我丝毫也没有缓和语气，非但没有缓和，看到她害怕，反而故意加强语气：我直来直去地说，饭是能够吃饱的，至于穿着打扮，出入剧园，参加舞会——这一类一概都免，除非以后我达到了目的。这种严厉的口吻简直使我感到神往。我又补充道，而且也是尽可能捎带着说到，我之所以干这一行，即我之所以开这个钱庄，我只有一个目的，因为似乎有这样一种情况……但是，要知道，我有权这样说，因为我的确有这样的目的和这样的情况。且慢，诸位，我头一个恨这放债的钱庄，恨了它一辈子，但是说实在的，虽然对自己说这种莫测高深的话未免可笑，可是要知道，我还当真在"报复社会"，真的，没错！因此，她今天早晨挖苦我似乎在"报复"，是不公正的。就是说，你们知道吗，如果我直截了当地告诉她："是的，我就是在报复社会。"她非哈哈大笑不可，就像今天早晨那样，还当真会变得十分可笑。唔，可是旁敲侧击，说一些莫测高深的话，倒可以调动她的想象，使之有利于我。再说，当时我已经什么也不怕了：我知道，这胖老板在她眼里无论如何比我更讨厌，我虽然站在大门口，却是让她超脱苦海的救星。要知道，我明白这道理。噢，一个人对卑鄙龌龊的事大凡都了解得很透！不过，这样做卑鄙龌龊吗？哪能这样来评价一个人呢？难道甚至在当时我不是就已经在爱她了吗？

　　且慢，不用说，关于积德行善，当时我对她只字未提；相反，噢，恰恰相反，我说："应当感恩戴德的是我，而不是您。"以至我还真的这样说了，我忍不住，也许这样说显得很蠢，因为我看到她脸上掠过一丝细微的皱纹。但是整个说来我赢了，赢了个满贯。且慢，既然提到所有这些肮脏事，那干脆把最丑恶的事也顺便说一下吧：我站着，脑子里却在琢磨，你高高的个儿，匀称的身材，而且有教养，最后，最后，不是吹牛，你一表人才，人也长得不错。这就是盘旋在我脑子里的想法。不用说，她当时就在大门口对我表示了愿意。不过……不过我应当补充一句：她当时站在大门口，在说愿意以前想了很久。她沉吟良久，想得我都想问她了："唔，怎么样啊？"——甚至忍不住，还故作潇洒地问："唔，怎么样啊，您哪？"——后面还加了个"您哪"。

"等等，让我想想。"

她的脸是那么严肃，严肃得我当时就应该能够看清楚才是！可是我却生气了，我想："难道她想在我和那商人之间挑一个吗？"噢，当时我还不明白！当时我还什么，什么都不懂！直到今天都不明白！记得，卢克里娅紧跟着我跑了出来（当时我已经走了），在半道上拦住我，气喘吁吁地对我说："先生，您要是娶了我家的这位好小姐，上帝会给您回报的，不过您现在别把这话先告诉她，她很傲气。"

是啊，傲气！我就爱心高气傲的姑娘。傲气的姑娘才特别有味儿，只要……唔，只要你毫不怀疑你有驾驭她们的本领，啊？噢，我这个卑鄙而又冥顽不灵的人啊！噢，我当时有多么得意啊！你们知道吗，当她沉思地站在大门口，想对我说愿意而我感到惊讶的时候，你们知道吗，很可能当时她脑子里在这样想："既然嫁谁都是不幸，还不如干脆挑这个最糟的，即那个胖老板，让他喝醉了酒快点把我打死！啊？她会不会这样想呢，诸位高见？"

　　而且到现在我都不明白，到现在都莫名其妙！我方才说，她可能有这样的想法：在两个不幸中挑一个最糟的，她肯定就会挑那个商人吗？对于她，当时谁更糟——我，还是那个商人？那个商人，还是我这个会引用歌德诗句来收当放债的掌柜呢？这还是个问题！什么问题？如果你不明白，那答案就在桌上躺着①，你还说是"问题"！再说我算老几！这事根本不在我……顺便说说——这事在于我或者不在于我——现在对于我又有什么意义呢？正是这问题我压根儿解答不了。

---

① 指人都死了，她就在桌上躺着，孰好孰坏，还用问吗！

还不如躺下睡觉。头疼……

<h2 style="text-align:center">三</h2>

<h3 style="text-align:center">我是最高尚的人，但是我自己都不信</h3>

睡不着，哪儿睡得着呀，脑子里有个脉搏在怦怦跳动。我想把这一切，把这整个肮脏的勾当想个明白。噢，肮脏的勾当！唉，当时可是我把她从一件多么肮脏的勾当中解救出来的啊！她理应懂得这道理，理应对我感恩戴德！还有各种各样的想法，让我一想到就美滋滋的，比如，我已经四十一了，她才十六。这使我陶醉，这种年龄上的差距感十分甜蜜，甜蜜极了。

比如，我想à l'anglaise①举行婚礼，即就两个人，除非再加上两个证婚人，其中之一是卢克里娅，然后立刻上火车，比如到莫斯科去也行啊（我正好在莫斯科有事），到了莫斯科就住旅馆，住它一两星期，可是她不干，她不许，于是我只好上她姑姑家去拜谢请安，

---

① 法语: 按英国方式。

因为她们是她的亲戚，我又是从她们那里把她娶走的。我让步了，她那两位姑姑也得到了她们应有的东西。我甚至还送给这两个畜生每人一百卢布，并答应以后还给，当然，这事我没有告诉她，免得她因为自己的处境低下而伤心。这样一来，这两个姑姑立刻变得好说话多了。关于陪嫁问题曾经发生过争执：她什么也没有，几乎一文不名，但是她也不要任何东西。可是我终于向她证明，完完全全什么也没有——那是不行的，于是一应嫁妆由我来置办，我不办又有谁来替她办呢？好了，不提我也罢。话又说回来，我的种种想法，那时我还是向她透露了，让她至少也心里有数。也许，甚至过分匆忙了点。主要是她从一开始，不管她如何克制自己，还是情真意切地向我扑过来拥抱我，每天晚上我到她那儿去看她，她总是欢天喜地地迎接我，轻声细语地（迷人而又天真的轻声细语）向我讲述自己的童年时代和孩提时代，讲自己的老家，讲父亲和母亲。但是我对她整个陶醉的倾诉立刻泼了一瓢冷水。这正是我的一个想法。我用沉默，当然是亲昵的沉默，来回答她的欢天喜地……但是她终究还是很快就看出了我们之间判然有别，我是一个谜。而我，主要的，就是要打这个哑谜！要知道，正是为了让她猜这个哑谜，也许，我才干出了这整件蠢事！首先是严厉——我在严厉的气氛中把她领进了我的家。总之，当时我虽然志得意满，还是建立了一整套家规。噢，这套家规是自然而然形成的，并没有费任何大的力气。再说也别无他法，由于一种无法抗拒的情况，我必须建立这套家规——怎么啦，真是的，难道我偏要说自己的坏话吗！这家规是货真价实的。不，请诸位听我说，既然要评判一个人的短长，那就应当把情况先了解清楚了再来评头论足……且听在下慢慢道来！

一开头怎么说呢，因为开头最难。当你开始为自己辩白的时候，这就难了。诸位知道吗：比如说，年轻人看不起我，我开口闭口一个钱字，我钱字不离口，像钻进钱眼里似的。因为我动辄谈钱，她就变得越来越沉默了。她睁大了眼睛，听着，看着，可是却一声不吭。要知道，年轻人宅心仁厚，我是说好青年宅心仁厚而又容易冲动，可是缺乏耐心，稍不如意——就会嗤之以鼻。而我要的却是性格开朗，我要把开朗的性格直接灌输到她心里，灌输到她内心的观点上，不是吗？举一个粗俗的例子：比如说，我怎样向这样的人解释我放债开钱庄这件事呢？当然，我不能开门见山地说，要不然倒像我在为放债开钱庄请求原谅似的，而我，可以说吧，却以守为攻，显得很自豪，几乎用沉默来说话。而我是个用沉默说话的能手，我一辈子都是靠沉默说话的，我用沉默独自承受了一个又一个悲剧。噢，要知道，我也曾经很不幸！我曾经被大家踢出团队，踢出去了也就忘了，可是谁，谁也不知道这事！可是后来突然这个十六岁的姑娘却道听途说地从一些小人那里听到不少关于我的详情细节，她就自以为知道了一切，可是深藏于这个人内心的秘密却只有他一个人知道！我一直保持沉默，尤其，尤其同她在一起的时候，我始终保持沉默，一直沉默到昨天——我为什么要沉默呢？因为我是一个自尊心很强的人。我希望她能够自己知道，不要让我告诉她，但又不听信小人们的道听途说，而是让她自己弄明白我是一个怎样的人，从而理解我的所作所为！我接受她，让她进我的家，我要的就是对我毕恭毕敬，百依百顺。我要的就是她站在我面前为我过去所受的苦难祈祷上苍，而且我有资格得到这些。噢，我的自尊心一向很强，我一向的要求就是要么得到全部，要么什么也不要。正因为我要的不是打了对折的幸福，我要的是不折不扣的幸福，所以当时我才不得不这样做，我的态度是："你应该自己去设法了解我，并弄清我的价值！"你们一定会同意，因为如果我亲自去向她解释，含沙射影，旁敲侧击，闪烁其词，请求她尊敬我——要知道，这样做岂非等于乞求施舍吗……不过话又说回来……不过话又说回来，我说这些干吗呢！

愚蠢，愚蠢，愚蠢，太愚蠢了！当时我直截了当而又残忍地（我就是要残忍）向她三言两语地说明，一个年轻人宅心仁厚，这固然很好，但是一文不值。为什么一文不值呢？因为她得来不费吹灰之力。这一切不是从生活中汲取的，不过是所谓：生活的最初印象①而已，可是我们再瞧瞧您在工作中的表现！一个人要做到廉价的宽以待人是容易的，甚至献出生命——也不算什么，因为这无非是年轻人热血沸腾，精力旺盛②，渴望壮烈和美而已！不，试看那种舍己为人的壮举，干起来很难，可是看起来却平淡无奇，默默无闻，并不轰轰烈烈，还招来人们的许多诽谤，常常要做很大的牺牲，却得不到半点荣耀——您本来是一个全身发光的人，可是在大家面前却被说成是卑鄙小人，而实际上您却是世界上最好的正人君子——来啊，您来试试啊，您来试试这样的壮举啊，不，您哪，您肯定会退避三舍的！而我，我毕生孜孜矻矻实行的就是这样的壮举。她先是争论，嘿，争论得多厉害呀，后来就开始沉默，甚至一声不响，只是把眼睛睁得大大的，

---

① 引自普希金的诗《恶魔》（1823），但略作改动，变其意而用之。似有"人之初，性本善"之意。

② 源出莱蒙托夫的《莫要相信自己》（1839）。

听着，一双大大的，大大的，注视着我的眼睛。而且……而且除此以外，我突然看到她的一丝微笑，疑惑、沉默而又不怀好意的笑。我把她领进家门的时候，她就是带着这样的笑。诚然，她也是走投无路……

四
总是计划，计划

当时我们俩是谁首先发难的呢？

谁也没有首先发难。从第一步起，就是自行开始的。我曾经告诉过诸位，我是在严厉的气氛中把她领进家门的，然而从第一步起我就软了下来。当我们还没有结婚的时候，我就向她说明，将来由她来负责收当和付钱，当时她一言不发（请注意这点）。而且，她干这事也十分尽心尽力。唔，房子，家具——一切都同从前一样。房子是两个房间：一间是大厅，从中隔出了一个铺面，另一间也挺大，是我们俩的起居室兼卧室。我的家具很简陋，甚至那两个姑姑家也比我们强，我的神龛和神灯供奉在辟有铺面的那间大厅里；在我那房间里，有我的书柜，书柜里放着我的几本书和一只小匣子，钥匙放在我身边；唔，那里还有床、桌子和椅子。她还没有过门的时候，我就对她说过，我们的生活费，也就是我、她和卢克里娅（我把她挖过来了）的伙食费，每天规定为一卢布，不得超支，我说："我在三年中必须攒够三万卢布，要不然，这钱就攒不起来。"她并没有反对，但是我还是主动把生活费提高了三十戈比。看戏也一样。我对新娘子说过，我们不去看戏，不过我还是决定每月去看一次戏，座位也不错，是池座。我们俩一共去过三次，看的好像是《追求幸福》和《鸣禽》①。（噢，没意思，没意思！）我们默默地去，又默默地回来。为什么，为什么我们从一开始就无话可说呢？要知道，起先并没有争吵，可是也相对默然。我记得，当时她不知怎么老偷偷看我；我发现这情形后就更加沉默了。诚然，这

① 法国轻歌剧。

是我故作沉默，而不是她。从她那方面来说，倒也有过一两次冲动，扑上来拥抱我；但是因为这冲动是病态的，歇斯底里的，而我需要的是过硬的幸福，她对我的尊敬，因此我对她的态度很冷淡。再说，我的看法看来是对的：每次冲动之后，到第二天，就会发生争吵。

也就是说，后来倒是不再争吵了，但是却默然相对，而且——而且她的样子越来越放肆。"造反和闹独立"，这就是当时的情况，不过她暂时还无此能耐。是的，这张娴静的脸蛋变得越来越放肆了。诸位信不信，在她看来我变得可恶了，我研究了这点。至于她常常发脾气，动辄发作，这是没有疑问的。比如说，她刚从一无所有的臭泥坑中爬出来，不久前还在给人擦洗地板，现在却突然抱怨起了我们的寒酸！要知道，您哪：不是寒酸，而是节约，至于需要的东西，我们还是很讲究的，比如内衣和床上用品啦，讲究卫生啦，等等。我过去就以为，丈夫讲卫生，妻子一定很赞赏。

然而，她倒不是嫌我寒酸，而是嫌我在花钱上太抠门，她那神气似乎在说："人家有自己的目标，所以勇往直前坚忍不拔。"突然她自己也放弃看戏了。那种讥讽的神态越来越厉害……而我则更加沉默，越来越不爱说话了。

这岂不是为自己辩护吗？这里的主要问题是那个放债的钱庄。且慢，您哪：我知道，一个女人，而且还只有十六岁，不可能不完全听命于男人。女人是没有主见的，这是——这是一条公理，甚至现在对于我这也是公理！那现在躺在店堂里的那人又是怎么回事呢：真理就是真理，这点连穆勒①本人也无可奈何！而一个多情的女人，噢，一个多情的女人——甚至连她所爱的男人的恶习，甚至连他的暴行也会奉若神明。他对自己的暴行找不到辩护的理由，她也会替他找到。这是她宅心仁厚，但绝不是因为她有独到的见解。仅仅因为没有主见就足以毁掉一个女人。我再说一遍，你们指着那边桌上躺着的人，又有什么意义呢？

---

① 约翰·斯图尔特·穆勒（1806—1873），英国哲学家、经济学家、逻辑学家。

难道躺在桌上，就算有主见吗？噢——噢！

请听我说：当时我深信她是爱我的。事实上，当初她也曾屡次扑上来搂住我的脖子。这说明她爱我，或者说得准确点——她希望爱我。是的，当初的情况就这样：她希望爱，她在寻找爱。而主要是，要知道，这时候还没有任何她不得不为之寻找辩护理由的这样的暴行。你们说我是个收当放债的老板，大家也都这么说。收当放债那又怎么啦？既然一个宅心最仁厚的人做了收当放债的老板，这总有原因嘛，你们瞧，诸位，有这么一些想法……就是说，你们知道吗，有的想法说出来，用言语说出来，听起来会觉得非常愚蠢。自己都觉得害臊。为什么呢？不为什么。因为我们都是坏蛋，听到真理就觉得受不了，要不我就不知道为什么了。我刚才说"宅心仁厚的人"，这听起来很可笑，然而事实就是这样。要知道，这是真理，就是说是最真的真理！是的，当时我有权要求让自己的生活得到保障和开这个放债的钱庄："你们唾弃我，你们，也就是人们，用不屑一顾的沉默把我赶走。我对你们热情洋溢，可是你们却对我报以侮辱，使我终生难忘。由此可见，我现在有权筑起一道高墙把你们同我隔开，我要攒足三万卢布，然后在克里米亚的什么地方，在南方的海滨，在山明水秀的地方，在葡萄园，在我用这三万卢布购置的庄园颐养天年，而主要是要远远地离开你们大家。但是我对你们也不怀恨在心，心中怀着理想，跟心爱的女人一起，跟自己的孩子一起，如果上帝赐给我孩子的话，同时——帮助附近的村民。"不用说，好在这些话我现在不过是自言自语，假如我当初把这事向她公然描绘一番，岂不太蠢了吗？这就是为什么我始终保持高傲的沉默，这就是为什么我们默然坐着、相对无言的缘故。因为她又能懂得什么呢？十六岁，正值青春年少，她又能从我的辩解、从我的痛苦中懂得什么呢？她有的只是直率，对生活的无知，年轻人的庸俗的信念，对"美好心灵"的熟视无睹，而这时的主要问题是放债开钱庄，如此而已！（难道我在钱庄里做坏事了，难道她没有看见我怎么做事，我发过不义之财吗？）噢，人世间的真实情况有多可怕啊！这个美貌姑娘，这个顺从命运的少女，这个天仙——她是暴君，是个折磨我心灵的叫人受不了的暴君！要知道，我不把这话说出来，我就是在诽谤自己！你们以为我不爱她吗？谁敢说我不爱她？要知道：这是讽刺，这是命运和造化对我的恶意讽刺！我们受到了诅咒，总的来说，人的生活都受到了诅咒！（尤其是我的生活！）要知道，我现在已经明白我在这里到底犯了什么错！这里好像有什么事情不对头。一切都很清楚，我的计划像晴空一样明明白白："我老板着脸，我很高傲，我不需要任何人的精神安慰，我常常默默地痛苦。"事实就是这样，我没有说谎，绝没有说谎！"她以后会看到的，我是舍己为人，不过她是不会看到的，将来她一旦明白个中道理，她就会十倍地尊敬我，她就会两手合十，跪倒在尘埃做祈祷状。"这就是我的计划。但是这里我似乎忘掉了什么或者落掉了什么。在这里我似乎有什么事情没有做好。但是够了，够了。再说现在还能请求谁来原谅我呢？完了，就这样完了。勇敢点吧你，要自尊自重！错不在你！……

好吧，我要把真相说出来，我不怕直面真相：是她的错，错在她！……

五
认命的姑娘造反了

争吵开始于她突然异想天开，要按她自己的想法来付钱，把人家拿来当的东西估价过高，甚至有两次她还赏光就这一问题同我发生了争吵。我不同意。但是就在这当口冒出了这个大尉夫人。

来了一位老太太（大尉夫人），拿来了一个项链坠，这是她已故丈夫的礼物，唔，不用说，是件纪念品。我给了她三十卢布。她就开始悲悲戚戚地诉说，请我们务必把这东西保管好——还用她说，我们当然会保管好的。唔，总而言之，过了五六天光景，她突然又来了，用一只手镯来换，可是这手镯却值不了八卢布。我自然拒绝了。当时，她想必从我妻子的眼神里看出了什么苗头，于是她趁我不在店里的时候又来了，而我家的那位居然把那项链坠换给了她。

这事我当天就知道了，我说了她两句，说得很温和，但态度坚决，而且合情合理。她坐在床沿上，两眼看着地面，用右脚尖轻轻踢着地毯（这是她的习惯姿势），嘴上露出一丝狞笑。于是我根本没有提高嗓门，平心静气地对她说，钱是我的，因此我有权用我的眼光来看生活，而且——当我把她迎进家门的时候，我可是开诚布公，什么也没有瞒她。

她霍地跳了起来，猛地全身发抖，而且——你们猜怎么着——忽然向我跺起了脚；这是一头野兽，这是野性发作，这是野性发作时的野兽。我惊讶得目瞪口呆，我从来没有料到她会做出这种出格的举动。但是我并没有惊慌失措，我甚至都没有动弹，仍旧用方才那种心平气和的声音直截了当地宣布，从现在起，我取消她的资格，不许她插手我的生意。她对着我的脸哈哈大笑，走出了房间。

问题在于她没有权利从这套房间里走出去。没有得到我的允许，哪儿也不许去，还在她没有过门的时候，就有约在先。傍晚时，她回来了；我一句话也没说。

第二天，她一大早又出去了，第三天也一样。我关上了店门，到姑姑家去找她。自从结婚之后，我就跟她们断绝了往来——她们不来看我，我也不去看她们。现在才发现，她没有到过她们家。她们好奇地听了我的叙述，当面嘲笑了我："您活该。"但是她们的耻笑早在我的意料之中。我立刻花一百卢布买通了那个老处女——小姑姑，并且先给了她二十卢布。两天后她来找我，说："这里有个第三者，是个军官，叫叶菲莫维奇，中尉，是你过去团队里的老战友。"我很惊愕。这个叶菲莫维奇过去在团队里就净给我使坏，可是大约一个月前，他竟恬不知耻地公然以当当为名到小店来过一两次，记得他当时就同我妻子调笑。当时我就走过去告诉他，请他别忘了我们以前的关系，以后不许他再到我家来；但是我脑子里压根儿没想到还会出现这档子事，而只是简单地认为他厚颜无耻。可现在她姑姑忽然告诉我，她已经跟他定了约会的日期，而这整件事都是由姑姑们的一个老相识，名叫尤利娅·萨姆索诺芙娜牵线撮合的，这人是寡妇，还是个上校太太——"现在您夫人就是去找她的。"她说。

这幕丑剧我先略过不提。这事一共花了我三百卢布，但是两天之中已做好了这样的安排，由我站在隔壁屋里虚掩着的门背后，偷听我老婆与叶菲莫维奇的第一次单独 rendez-vous①。在等候这次约会的时候，在头天晚上，我跟她发生了一次时间虽然短，但对我却有重大意义的争吵。

她在傍晚前回来了，坐在床沿上，讽刺地看着我，一只脚不断轻轻地点着地毯。当时我望着她，脑子里

---

① 　法语：约会。

忽然产生一个想法，最近这整整一个月，或者不如说，在此以前的这两个星期，她的性格完全变了，甚至可以说——简直一反常态：变成了个狂暴恣肆，动辄寻衅闹事的人，姑且不说是无耻吧，但却变得没规没矩，动不动就捣乱。她常常无理取闹。可是她温文尔雅的生性又阻碍了她。当这样一个人大吵大闹，虽说已经做过了头，但总还看得出她只是在勉为其难，自己硬逼着自己这么做，可是她自己首先就掩饰不住自己的宅心仁厚和羞耻感。因此这样的人有时反倒会大吵大闹，做得十分过头，使旁观者简直没法相信自己的眼睛。倒是那些淫荡放纵惯了的女人常常会息事宁人，比你们更循规蹈矩，更文质彬彬，可是她们干出来的事却更可恶。

"听说您被部队开除过，因为您临阵胆怯，不敢去决斗，这是真的吗？"她冷不防地问道，眼睛在闪闪发光。

"确有其事。根据军官们的裁决，他们请我离开部队，虽然在这以前我已主动申请退伍。"

"把您作为一个胆小鬼给开除了？"

"是的，他们认为我是胆小鬼。但是我并不是因为胆小怕死才拒绝决斗的，而是因为我不想服从他们专横的判决，因为我并不认为自己受了侮辱，因此我不愿意提出决斗。要知道，"这时我忍不住了，"用行动来反对这种专横，并承担由此产生的一切后果，比进行随便什么决斗，需要表现出大得多的英勇气概。"

我按捺不住，我似乎用这句话在替自己辩护；而她要的正是这个，她要的正是我的这个新的屈辱感。她恶狠狠地大笑起来。

"听说，您后来在彼得堡的大街上像个流浪汉似的到处流浪，流浪了三年，以乞讨为生，在台球桌下过夜，这也是真的吗？"

"我在干草市场上的维亚泽姆斯基楼①也过过夜。在离开部队以后，我的一生中后来有过许多耻辱和堕落，不过这堕落不是道德上的堕落，因为甚至在那时

---

① 　彼得堡干草市场上的维亚泽姆斯基楼（老百姓称之为"维亚泽姆斯基修道院"）是当时彼得堡下层的一个娱乐中心，曾有过下等客栈，其中还有不少酒店、饭馆、淫窟和贼窝。

候，我自己就头一个深恨我的所作所为。这不过是我的意志和理智的堕落，而这都是因为我走投无路的处境引起的。但是这都过去了……"

"噢，现在您可是个人物啦——成了金融家！！"

就是说，这是在暗示我放债开钱庄。但是我已经克制住了自己。我看到她渴望我作出一些屈辱的解释，但是我偏不这样做。这时正好有个当当的人拉了一下门铃，于是我就走到店堂里招呼顾客去了。后来，过了一小时，她突然穿好了衣服要出门，她走到我跟前，停了下来，说道：

"说到底，关于这事，您在结婚前可是只字未提呀，是不是？"

我没有回答，于是她走了。

就这样，第二天我站在这房间里，躲在门背后，听着我的命运将怎么决定，而在我的口袋里则揣着一把手枪。她穿戴整齐，打扮了一下，坐在桌旁，而叶菲莫维奇则在她面前装腔作势。怎么样呢，果然不出我之所料（我说这话是往自己脸上贴金），果然与我预料的和设想的一模一样，虽然我并没有意识到我曾作过这样的预料和设想。不知道话我说清楚了没有。

居然发生了这样的事。我听了整整一小时，整整一小时，我仿佛列席旁听了一个品德最高尚、思想最崇高的女人，同一个上流社会的淫棍，一个笨蛋和畜生，一个灵魂卑鄙的小人的唇枪舌剑。我在吃惊之余不禁想到，这么一个天真纯洁，这么一个温文尔雅，这么一个寡言少语的少妇，从哪儿，从哪儿知道这一切的呢？哪怕笔锋最犀利的上流社会的喜剧作者，也绝对写不出这种讽刺揶揄、最天真的哈哈大笑和美德对恶行的神圣蔑视的戏来。在她的皇皇宏论和只言片语中有多少光彩夺目的精辟言论啊，她那敏捷的回答中又有多少快人快语，她义正词严的谴责中又有多少真理啊！与此同时，又有如许少女的近乎淳厚和朴实。她公然取笑他的求爱，取笑他的装腔作势，取笑他的求婚。他来的时候没有想到会遭遇反抗，因此毛手毛脚地直奔主题，现在他忽然泄了气，蔫了。起先我还以为她不过是打情骂俏——"一个虽然淫荡但却头脑机灵的风流女子的打情骂俏而已，目的是抬高自己的身价"。但却不然，真理宛如太阳一样闪耀，这里毫无半点可以怀疑的地方。她因为不谙世事，由于恨我（这恨是假装的，是出于一时冲动）她才会咬牙决定，策划这次约会，但是等到要较真的时候——她又立刻睁开了双眼。她左思右想，挖空心思，不管用什么办法，能侮辱一下我就好，但是真要干这种肮脏事，她又受不了这荒谬无聊的举动。叶菲莫维奇或者这类上流社会畜生中的任何人，岂能勾引得了像她这样一个清白纯洁而又具有理想的女子呢？相反，他只会激起人们的耻笑。整个真实的她，从她的灵魂里跃起，于是愤怒从她心里唤起了冷嘲热讽。我要再重复一遍，这个小丑到最后变得灰心丧气，他双眉深锁地坐着，有气无力地回答着对他的谴责，以至我都担心起来了，生怕他出于卑鄙的报复心理进而冒险去侮辱她。我还要再重复一遍：我几乎毫无诧异之感地听完了这出闹剧，这说明我还是有点知人之明的。我好像遇到了一件似曾相识的事。好像我来这里的目的就是为了遇到这事，我虽然来了，但是我什么也不相信，更不信任何人对她的指控，虽然我口袋里揣着手枪，这是实话！难道我能把她想象成另一种人吗？我何苦要爱她，我何苦要拿她当宝贝，我何苦要跟她结婚呢？噢，当然，当时我太相信她有多么恨我了，但同时我又深信她没有错。我推开门，突然结束了这出闹剧。叶菲莫维奇噌地跳了起来，我拉着她的手，请她跟我出去。叶菲莫维奇这才回过神来，忽然高声而又放肆地哈哈大笑：

"噢，我不反对神圣的夫妇权利，请带走，请把她带走吧！可是，要知道，"他在我背后叫道，"虽然一个正派人没法跟您在决斗场上一决雌雄，但是出于对尊夫人的敬意，我还是愿意奉陪……不过，假如您自己愿意冒这个险的话……"

"您听！"我在门口拉住她停留了片刻。

接着，一直到家，一路上我们没有说一句话。我拉着她的手，她没有反抗。相反，她感到非常震惊，不过仅仅到家门口为止。回到家后，她坐到椅子上，目光紧盯着我。她的面色煞白；虽然立刻噘起嘴唇，做嘲笑状，但她的眼神却变得庄重而严峻，做衅状，起初，似乎，她真以为我要用手枪打死她。但是我把手枪默默地从口袋里掏出来，放到桌上。她看着我和手枪。（请注意：这把手枪她是熟悉的。自从小店开张以来，我就置备了这把手枪，并且装上了子弹。从小店开张伊始，我就决定既不养凶猛的大狗，也不雇膀大腰圆的健仆，例如，像莫泽尔那样。凡有顾客光临，均由我家厨娘去开门。但是，干我们这一行的，为了以防万一，决不能使自己失去自卫能力，因此我置备了一把装上了子弹的手枪。她在过门以后的头些日子里，对这把手枪很感兴趣，一再向我问长问短，我甚至把手枪的构造和使用方法都告诉了她。此外，我还说服她，让她做了一次瞄准目标的射击。请注意这一切。）我对她那惊恐的目光不予理睬，我把衣服脱去了一半，躺到床上。我已经筋疲力尽；当时已经十一点左右。她仍一动不动地坐在原来的地方，坐了大约一小时，接着她吹灭了蜡烛，和衣躺到墙边的长沙发上。这是她头一次没有和我同床，这点也请诸位注意……

六
可怕的回忆

现在来谈这可怕的回忆……

我早晨醒来，我想，大概有七点多了吧，这时屋子里几乎已经很亮了。我是神志完全清醒地一下子醒过来的，我突然睁开了眼睛。她站在桌旁，手里拿着手枪。她没有看见我已经醒了，而且在看她。突然我看见她两手拿着手枪向我走来，我迅速闭上眼睛，装作熟睡未醒。

她走到床前，站在我身旁。我听见了一切；虽然出现了死一般的寂静，但是我听见了这寂静。这时发生了一个痉挛性的动作，我忍不住违心地猛一下睁开眼睛，而手枪已经指着我的太阳穴。我们的目光相遇了。但是我们俩互相对视决没有超过一刹那。我又使劲闭上了眼睛，与此同时，我又拿出我心灵的全部力量，决定再不动弹，也决不睁开眼睛，不管等待我的将是什么。

的确，常常会发生这样的事，一个熟睡未醒的人会忽然睁开眼睛，甚至还会在片刻间抬起头来，环视一下房间，在这一刹那之后，又会无意识地把头放到枕头上，紧接着又睡着了，什么也不记得。

当我遇到她的目光，并且感觉到她的手枪对准我的太阳穴以后，我忽然重新闭上了眼睛，一动不动，就像一个睡得很死的人一样，她完全可以认为我的确睡着了，什么也没有看见，任何一个人看到我看到的情景后，居然会在这样的瞬间重新闭上眼睛，那是完全不可思议的。

对，简直不可思议。但她毕竟能猜到这到底是怎么回事，这想法在我脑子里倏忽一闪，一切都发生在这一刹那。噢，在这还不到一刹那的工夫，什么样的思想和感受旋风般掠过我的脑海啊，像闪电般的人的思想万岁！在这种情况下（我不由得感到），假如她猜到了事实真相，并且知道我没有睡着，可是我却甘愿死在她手里，单凭这点，我就在思想上压倒了她，现在，她的手就可能发抖。她先前的决心碰到这异乎寻常的新印象，就可能被打得粉碎。据说，一些站在高处的人，总好像在自动往下坠，坠入深渊。我想，有许多自杀和他杀之所以发生，无非是因为手里已经拿着手枪，欲罢不能。这里也好像有个无底深渊，这里也好像有个四十五度的斜坡，不能不顺坡下滑，仿佛冥冥之中有什么东西在不可战胜地让扣动扳机似的。但是意识到我什么都看见了，我什么都知道，正在默默地等候死在她手里，也许能阻止她在这斜坡上出溜下去。

依然是了无声息，突然我感到太阳穴上，在我的头发旁，接触到一块冰凉的铁。诸位会问：我是否坚定地希望我能免于一死呢？我要像在上帝面前那样回答你们：我不抱任何希望，除非有百分之一的可能。为什么当时我要心甘情愿地等死呢？我倒要请问：当一个我所崇拜的人向我举起手枪之后，我活着还有什么意思？此外，我全身心地懂得，在这一刹那，我们之间正在进行一场搏斗，一场可怕的你死我活的搏斗，也就是因胆小怕死被战友们驱逐的昨天那个胆小鬼所面临的一场生死搏斗。这道理我懂，她也懂，只要她已经猜到了事情真相，知道我没有睡着的话。

也许，并没有发生这样的事，也许，当时我压根儿没有想到这些，但是即使我没有想这一切也必定是这样，因为此后我在我活着的每一小时，思前想后，就想着这件事。

但是你们一定会再问：你干吗不挽救她让她不犯这个暴行呢？噢，后来我也曾一千次地向自己提过这个问题——每次，当我想到这一秒钟的时候，我的后背就不寒而栗。但是当时我的心正处在阴暗的绝望之中：我要死了，我自己都即将死于非命，我还能挽救谁呢？你们凭什么知道当时我还想挽救别人呢？你们凭什么知道当时我还能够感觉呢？

然而，我的意识还在剧烈地活动，一秒钟一秒钟地过去，依然一片死寂；她始终站在我身旁，我忽然哆嗦了一下，产生了一线希望！我迅速睁开眼睛。她已经不在房间里了。我从床上坐起来，我胜利了，于是她被永远地战胜了。

我出去喝茶，我们家的茶炊一向放在头一个房间，而且一向由她负责斟茶。我默默地坐到桌旁，从她手里接过茶杯。过了约莫五分钟，我抬起头来看了看她。她面色惨白，比昨天还白，她在看着我。突然——突然她看到我在看着她，便用苍白的嘴唇苍白地微笑了一下，眼神里似乎带着怯怯的疑问。可见她还在怀疑地问自己：他是不是知道呢？他有没有看见呢？我漠然地移开了眼睛。喝完茶后，我关上了店门，到市场去买了一张铁床和一架屏风。回到家后，我吩咐下人把床放在店堂里，并用屏风围上。这床是给她用的，但是我一句话也没有告诉她。我不说她也明白，这床表明"我什么都看到了，什么都知道了"，已经毫无疑问了。晚上我仍旧像往常一样把手枪放在桌上过夜。夜里，她默默地睡到她自己的这张新床上：婚姻破裂了，她"被战胜了，但是没有得到宽恕"。夜里她开始说胡话，清晨发起了高烧。她病倒了六星期。

第二章

一

高傲的梦

卢克里娅立刻申明，她不再在我这儿待下去了，太太一下葬——她就走。我双膝下跪，祈祷了五分钟，我本来想祈祷一小时，可是脑子里老在想，想呀想，老是一些痛上加痛的想法，脑子疼得都快裂开了——这会儿还祈祷什么呢——无非是罪上加罪！同样奇怪的是我毫无睡意：一个人处在大的痛苦中，太痛苦的时候，尤其在最初极其强烈的爆发之后，常常想睡觉。据说，一些死刑犯，在临刑前的最后一夜睡得特别香。倒也应该如此，这符合自然规律，要不然，他们是受不了的……我躺到长沙发上，但是睡不着……

……她卧病不起的六星期，我们（我、卢克里娅和一位我从医院雇来的受过训练的陪床护士）日夜守护着她。钱，我并不吝惜，我甚至愿意为她花钱。医生我请的是施瑞德大夫，每次都付给他十卢布出诊费。她恢复知觉后，我就尽可能少地在她跟前露面。然而，我说这些又有什么用呢。当她彻底康复以后，她就静静地、默不作声地坐到屋子里当时我专为她买的一张桌子旁……是的，这是事实，我们从来不开口说话；就是说，我们后来开口说话了，但是，都是些平常的话。当然，我故意不多说话，但是我十分清楚地注意到，她也巴不得不说一句多余的话。我觉得，从她那方面来说，这也十分自然。"她受到太大的震动，失败得也太惨了。"我想，"当然，必须让她慢慢地忘却和习惯起来。"因此我们都沉默不语，但是我每分钟都在暗自为将来做准备。我想她也一样，对于我来说，我非常感兴趣，我在竭力猜测现在她脑子里到底在想什么。

我还要说：噢，当然，谁也不知道我在她病中，守护在她床头，经受了多少痛苦。但是我只是暗自痛苦，把痛苦和叹息强压在心底，甚至卢克里娅也不知道。我无法想象，甚至都不能设想，她会死去而不明了全部真相。当她脱离了险境，健康在渐渐恢复以后，我也很快地完全放心了，这，我记得。此外，我还决定把我们的未来尽量推迟，时间越长越好，而让一切暂时维持现状。是的，当时我产生了一种奇怪而又特殊的感觉，否则我就不知道叫它什么了：我胜利了，单凭意识到这一点，我就感到心满意足。就这样过去了整个冬天。噢，我很得意，我从来没有这样得意过，而且这样的心情保持了一冬天。

要知道：我这一生中有一个可怕的外部情况，这事一直到那时，一直到内人发生那件惨祸为止，每天，每小时都在压迫着我的心，这就是我名誉扫地和被逐出部队。总而言之，我遭到了专横的不公正。诚然，战友们不喜欢我，是因为我那古怪的性格，不合群，也许还因为我那荒谬可笑的性格，虽然这样的事也是常有的：你认为是崇高的东西，你珍藏于心和你认为珍贵的东西，同时不知为什么却会使你的大批战友认为荒谬可笑。噢，甚至在学校里大家也都不喜欢我。无论何时何地，我一向不讨人喜欢。连卢克里娅也没法喜欢我。部队里的那事，虽然是因为不喜欢我而产生的后果，但也无疑带有偶然的性质。我之所以说这话，是因为某件事可能发生，也可能不发生，可是却因为各种情况不幸地凑到了一起，本来它们可以像过眼云烟一样倏忽消逝，然而你却因为这事毁了你一生，细想起来，再没有什么比这更气人，更让人受不了的了。对于一个有知识的人来说这也太丢脸了。事情经过如下。

我在剧院看戏，幕间休息时我去了一趟小卖部。骠骑兵阿——夫①突然走了进来，他当着所有在这里的军官和其他观众的面，跟自己同一团的两名骠骑兵大声说道，在走廊里，我们团的一名大尉别祖姆采夫出了一个洋相，"似乎喝醉了"。没有人接他的话茬，因此谈话也没有再继续下去，再说他也弄错了，因为别祖姆采夫并没有喝醉。而所谓出洋相云云其实也不是出洋相，那几名骠骑兵就谈起了别的事，这事也就完了，但是第二天这个插曲传到了我们团，我们团立刻议论开了，说在小卖部里，我们团的人就只有我一个。而当骠骑兵阿——夫出言不逊地谈到别祖姆采夫大尉的时候，我没有过去申斥阿——夫，阻止他胡言乱语。但是这又从何说起呢？如果他跟别祖姆采夫之间有什么过节，那是他们俩的私事，我凭什么要横插一杠子？然而军官们都认为，这不是私事，而是事关本团的荣誉，而且因为当时我们团的军官中就我一个人在场，这就向当时在小卖部的所有军官和其他观众表明，我

① 此处表示叙述者不愿将其姓名完全说出，相当于中文里的"张某某"。

们团竟有这么一些军官，他们并不十分在乎自己的名声和团队的荣誉。我对这样的说法实难苟同。有人指点我说，一切我还可以挽回，甚至现在也行，虽然晚了点，只要我同阿——夫正式解释清楚就行。我不愿意这样，更因为我很生气，所以我高傲地拒绝了。接着我就立刻申请退伍，这就是整个故事。我很高傲地离开了团队，但是在精神上却垮了。我意志消沉，智力衰退。这时又正好赶上我那姐夫在莫斯科挥霍尽了我们家的一点小小的资产和其中属于我的微乎其微的一部分，于是我落得个身无分文，流落街头。本来我可以去找个私人的差使，但是我没有去找：在穿过神气威武的军服之后，我没法再到铁路上的某个部门去寄人篱下。于是乎——羞耻就羞耻，堕落就堕落，反正越坏越好，这就是我的选择。接着是三年愁苦的回忆，甚至一蹶不振到了住维亚泽姆斯基楼。一年半以前，我的一位教母，一位富有的老太太在莫斯科去世了，出乎我的意料，在其他类别中，还按照遗嘱留给了我三千卢布。我想了想，当时就决定了自己的命运。我决意开一家放债的小钱庄，而决不去请求人家宽恕：先把钱弄到手，然后找个安身之地——远离过去的回忆，然后开始新生活，这就是我的计划。然而阴暗的过去以及我一辈子被败坏了的名声，却每时每刻地折磨着我，使我抬不起头来。但是，这时候我结了婚。这是否出于偶然——我不知道。但是当我把她迎进家门的时候，我自以为迎来了一个朋友，我太需要朋友了。但是我清楚地看到，朋友是需要培养、教育，甚至征服的。但是我能否对这个年甫十六、怀有偏见的少女立刻解释清楚某些情况呢？比方说，没有那次手枪对准太阳穴这个可怕惨剧因而产生的偶然因素的帮助，我能让她相信我不是懦夫，在部队人家指责我是懦夫是不公正的这个道理吗？但是这次悲剧性的转折来得正是时候。因为我经受住了手枪的考验，所以我也就报复了我整个不光彩的过去，虽然谁也不知道这事，但是她知道，而这对于我就是一切，因为她本人就是我的一切，在我的幻想里，她就是我对未来的全部希望！她是我为自己准备的唯一的人，此外就再不需要任何人了，这下她全都明白了；她至少明白了她匆匆忙忙地同我的仇人掺和在一起是不公正的。这个想法使我感到十分得意。我在她眼中已经不可能是个卑鄙小人了，除非她认为我是个怪人。但是在发生这一切之后，现在连这一想法我也根本不觉得这么刺耳了：性情古怪并不是毛病，相反，有时候还能讨女人的喜欢。总之，我故意拖延收场：已经发生的事暂时足够使我心平气和，其中也包含有足够的画面和材料供我幻想。我这人糟就糟在是个幻想家：供我幻想的材料已经足够了，至于她，我想，让她等着吧。

整个冬天我都好像在期待着什么似的过去了。她常常坐在自己那张小桌旁，这时，我爱偷偷地看她。她做针线活，做内衣，缝床单，晚上有时候就看看书，她看的书是从我的书橱里拿的。她在我的书橱里挑选书，也足以证明她对我改变了看法。她几乎从不出门。午饭后，黄昏前，每天我都带她出去散步，活动活动身体；但是已经不像过去那样完全保持沉默了。我正是极力佯装我们并不是相对默然，而是谈得很投机，但是我已经说过，我们俩自己都未能做到畅所欲言。我这样做是故意的，而她呢，我想必须"给她时间"。当然，说来也怪，几乎直到冬天结束，我一次也没想到，我竟会喜欢偷偷地看她，可是整个冬天我在自己身上竟一次也没有捕捉到她的目光！我想也许她心里胆怯。况且她病后又显得那么畏葸恭顺，那么娇弱无力。不，不，还是少安毋躁为好，"说不定她会突然自己跑过来同你亲热的……"

这想法使我喜不自禁。我还要补充一点，有时候我仿佛故意燃起自己心头的怒火，似乎我在生她的气似的。这样持续了若干时间。但是我对她的恨始终成熟不到在我心里扎根的地步。再说我自己也感觉到这仿佛是一种游戏。甚至在当初，当我买了床和屏风，跟她断绝夫妻生活以后，我也从来，从来不曾把她看作是一个有罪的人。倒不是因为我对她的罪行态度轻率，不以为意，而是因为从头一天起，甚至还在我买床以前就有意原谅她了。总之，就我来说，这是件怪事，因为我这人在道德上是很较真的。相反，在我眼中，她被彻底打败了，她是那么屈辱，那么被压抑，有时候我简直可怜她，心疼她，虽然与此同时，一想到她备受屈辱又感到由衷的高兴。每每想到我们之间存在的这种不平等，我就觉得开心。

　　这个冬天，我乘机故意做了几件好事。我免除了两笔债务，又不要抵押品借给一个穷女人一点钱。这事我并没有告诉妻子，我这样做也根本不是为了让她知道；可是那女人却亲自登门道谢，差点没跪下来。这样一来，这事就张扬出去了，我觉得，她知道这个女人的事后的确很高兴。

　　但是春天来临了，已是四月中旬，卸下了双层窗，一束灿烂的阳光照着我们那静默无声的房间。但是一叶障目，使我失去了理智。这个要命的、可怕的一叶障目啊！也不知道是怎么搞的，我忽然对这一切恍然大悟，我忽然看清了一切和明白了一切！事出偶然呢，还是我的大限到了，一道阳光照亮了我那愚钝头脑里的思想和揣测呢？不，这不是思想，也不是揣测，这时我的一根微血管，一根失去知觉的微血管，忽地动弹起来，开始颤动，猛地复活了，照亮了我整个麻木不仁的灵魂和我那魔鬼般的高傲。我当时仿佛猛地跳将起来。而且这事发生得很突然，很意外。这事发生在傍晚前，大约在午后五点来钟。

二
恍然大悟

先交代两句。还在一个月之前，我就发现她奇怪地若有所思，倒不是因为她沉默不语，而是若有所思。这也是我忽地发现的。当时她坐在那里干活，低头缝东西，而且她也没有看见我在看她。这时我猛地吃了一惊，她是那样柔弱，那样瘦小，面色惨白，嘴唇发青——这一切凑到一块儿，再加上她那若有所思的神态，一下子使我感到十分惊愕。在这以前我就已经听到过她轻微的干咳声，尤其在半夜。我立刻站起来，跑去请施瑞德大夫，什么话也没有对她说。

施瑞德第二天才来。她感到很奇怪，一忽儿看看施瑞德，一忽儿看着我。

"我没病呀。"她说，令人莫测高深地微微一笑。

施瑞德没有给她仔细检查（这些医生有时架子很大，大大咧咧的），只是在另一个房间里告诉我，这是病后体虚，不妨在开春以后到海滨疗养一下，如果办不到，那就干脆搬到别墅去住也行。总之，除了身体虚弱还有什么什么以外，什么也没有说。当施瑞德走出去后，她忽然非常严肃地望着我，对我说道：

"我完全，完全没病呀。"

但是，话刚说完，她就忽然脸红了，分明是出于羞愧。这显然是因为羞愧。噢，我现在明白了：我还是她丈夫，我还在关心她，似乎还是她真正的丈夫似的，她感到羞愧。但当初我并不明白，还以为她脸红是低声下气的表现（一叶障目，糊涂啊！）。

　　就这样过了一个月，四点多钟，在四月，在一个阳光明媚的日子，我坐在账台旁算账。我突然听见，她在我们的房间里，坐在自己的桌子旁，在干活，声音低低地、低低地……唱了起来。我对这件新鲜事产生了强烈印象，而且我至今不明白这究竟因为什么。在此以前，我几乎从来没有听见她唱过歌，除非在她刚过门的那些日子里，当时我们用手枪打靶，还能一起蹦蹦跳跳地闹着玩。那时候她的声音还相当有力、清脆，虽然常常跑调，但听起来非常悦耳、健康。可现在这曲子却那么低沉——噢，倒不是悲悲切切（这大概是一首浪漫曲），但是在她的歌声中似乎有某种发颤、破碎了的东西，好像她的声音唱不上去，仿佛这曲子本身就有毛病。她低声吟唱，唱到高音，她的声音就突然断了，她的声音是那么微弱，因此断得也怪可怜似的；她咳嗽了一声，清了清嗓子，又轻轻地、轻轻地唱了起来……

有人会笑我的这种激动，但是永远不会有任何人懂得我为什么激动！不，我还没开始可怜她，这完全是另一种说不出来的感情。起先，起码在最初几分钟，我忽然感到一种困惑和可怕的惊奇，可怕而又奇怪，病态而又近乎想要报复："唱歌，而且当着我的面！难道她把我忘了？"

我留在原地，整个人受到了震动，后来又突然站起来，拿起礼帽，似乎不假思索地走了出去。起码我不知道我这是在干吗，我要上哪去。卢克里娅把大衣递给了我。

"她在唱歌？"我不由得问卢克里娅。卢克里娅不明白我这话是什么意思，看看我，仍旧莫名其妙；话又说回来，我这种没头没脑的话的确让人听不明白。

"她这是头一回唱歌吗？"

"不，您不在家的时候，有时也唱。"卢克里娅回答。

我全记得。我下了楼，走上大街，准备出去随便走走。我走到拐角，开始张望着某处。这里人来人往，把我挤来挤去，我竟毫无感觉。我叫了一辆出租马车，想雇它上警察桥，但是我不知道上那去干吗。但是后来又突然不要了，给了他二十戈比。

"这是因为我打搅你了。"我说，茫然地对他笑着，但是心里却骤然出现了一阵狂喜。

我加快脚步，转身回家。那发颤的、可怜兮兮的、唱不上去突然中断的音调蓦地又在我的心头响起，我有点喘不过气来了。我渐渐、渐渐地恍然大悟！既然她当着我的面唱歌，可见她已把我忘在了脑后——这正是我恍然大悟和感到可怕的。我的心感觉到了这点。但是我心头的狂喜仍在闪光，而且战胜了恐惧。

噢，这是命运在嘲弄我！整个冬天，除了这种狂喜以外，我心头没有，也不可能再有任何其他感情，但是整个冬天我这人又在哪呢？我魂不附体，神不守舍？我急匆匆地跑上楼梯，不知道我是不是怯生生地走进了房间。我只记得整个地板都仿佛在上下波动，我好似在河里洇水前进似的。我走进房间后，看到她仍旧坐在原来的位置上，在低头做着针线活，但已经不唱歌了。她似乎匆匆地、无所谓地看了我一眼，但也说不上看，只是一种姿势，无论什么人走进房间都会出现的一种通常的、漠然的姿势。

我直接走过去，坐在她身旁的椅子上，紧挨着，像疯子一样。她迅速地看了看我，好像吓了一跳似的。我抓住她的一只手，也不记得我当时对她说了些什么，也就是说我不记得我想说些什么，因为当时我连话都不会说了。我的声音结结巴巴，不听使唤。况且我也不知道该说些什么，只会张口结舌地喘气。

"咱们谈谈……知道吗……随便说点什么！"我突然支支吾吾地说了句蠢话——噢，哪顾得上什么聪明和愚蠢呀？她又哆嗦了一下，非常害怕地向一旁退缩了一下，望着我的脸，但是突然，她的眼神流露出一种警觉的惊讶。对，惊讶中透着警觉。她用她的大眼睛看着我，这种警觉，这种警觉的惊讶一下子把我碾成了齑粉："难道你还要爱情？爱情？"虽然她一言不发，可是她在这惊讶中似乎突然反问。但是我从她的惊讶中看出了一切，一切。我身上的一切都不由得震颤起来，于是我扑通一声跪倒在她脚下。是的，我扑倒在她的脚下。她迅速跳起来，但是我用足劲抓住了她的两只手。

我对我的绝望太清楚了，噢，清楚极了！但是，诸位相信吗，我心中沸腾着难以遏止的狂喜，以致我认为我要死了。我陶醉而又幸福地亲吻着她的脚。是的，我感到极大的幸福，无边的幸福，而且这是在了解我的绝望，我走投无路的整个心情之后体验到的！我痛哭流涕，嘴里在喃喃自语，但是又说不出话来。她先是感到恐惧和惊讶，接着便忽然代之以一种说不出来的焦躁和疑惑，似乎百思不得其解，于是她奇怪地望着我，甚至很古怪，她想快点弄清楚是怎么回事，于是微微一笑。因为我亲吻她的脚，她感到非常不好意思，她把脚挪开，但是我又立刻亲吻她的脚站过的那块地板。她看到了这个，突然不好意思地笑了（你们应当知道这羞答答的笑）。出现了歇斯底里，这，我看到了，她的两只手哆嗦起来——这，我没有想，也顾不上想，始终在向她嘟嘟囔囔地说我爱她，我决不站起来，"让我亲吻你的衣服吧……我要一辈子狂热地爱你……"我不知道，也不记得了，她忽然号啕大哭和发起抖来，出现了歇斯底里的可怕发作。我吓着她了。

我把她抱到床上。这阵歇斯底里过去以后，她在床上坐了起来，面色非常忧郁地抓住我的两只手，劝我平静下来："得啦，别折磨自己啦，别闹啦！"——说完又开始哭。这天晚上，我一直没有离开她。我反反复复地对她说，我要带她到布伦①去洗海水浴，现在就去，马上就去，过两星期就去，至于她的声音这么发颤，我方才听见了。我一定把这钱庄关了，转让给

①　布伦是法国位于英吉利海峡旁的港口城市，是著名的海滨疗养地。作者曾于1862年六、七月间到英国去的往返途中经过该市，并作短暂停留。

多布龙拉沃夫。让我们一切从头开始，而主要是去布伦，去布伦！她听着听着，老是害怕，而且越来越害怕。但是对于我最重要的不是这个，而在于我越来越不可遏制地想重新匍匐在她的脚旁，再次地亲吻，亲吻她的双脚现在站着的地面，无限地爱她——"此外，我对你一无所求，一无所求，"我不断重复，"你不用理我，也可以根本不把我放在眼里，只要你让我从一个角落里看着你，把我变成你的一样东西，变成你的一只哈巴狗……"她哭了。

"我以为您就这么撇下我不管了呢。"她忽然情不自禁地脱口说道，而且那么情不自禁，也许她根本就没注意到她说了什么，然而——噢，这是她那天晚上对我说过的最主要、最要命，也是我最听得进去的一句话，这句话仿佛用刀子捅进了我的心窝！这句话向我说明了一切，一切，但是只要她在我的身边，在我的眼前，我就痴心妄想，抱着希望，我就感到幸福极了。噢，那天晚上我把她折腾得太累了，我也明白这情况，但是我不断想，我会把一切立刻改变过来的！终于，快到半夜了，她已经被我弄得筋疲力尽，我劝她睡觉，于是她立刻睡着了，睡得很香。我以为她会说梦话，她还果真说了，但是说得很轻微。夜里，我不断起来，穿着便鞋悄悄地走过去看她。我绞着手站在她身旁，瞧着这个睡在我当初仅花三卢布买回来的简陋的铁床上的病人。我跪在地上，但是我不敢亲她的脚，因为她睡着了（没有得到她的许可！）。我跪着祷告上帝，但是又几次跳起来。卢克里娅老从厨房里跑出来，看我到底在干什么。我只好走出去告诉她，让她去睡觉，而且说明天将会"完全改观"。

而且，我对此盲目地、发狂似的深信不疑。噢，我沉浸在一片狂喜中！我只盼望明天能快点到来。主要是，尽管有各种征兆，我仍然不相信会发生任何灾祸。尽管我已经恍然大悟，可是理智还没有完全恢复，而且很久，很久都没能恢复，噢，到今天，一直到今天！！再说它又怎么，怎么能恢复呢：要知道，她当时还活着，要知道，她就在这里，就在我眼前嘛，而且我也站在她面前。"她明天就会醒过来，我就把这一切全告诉她，她就会明白一切。"这就是我当时的想法，既简单又明了。因此我才欢天喜地！主要是这时候我一心想到布伦去，不知为什么我老以为布伦——这就是一切，到了布伦，一切就会圆满解决。"去布伦！……"我发狂似的等候早晨的到来。

三

我太明白啦

要知道，这总共才几天以前啊，五天，总共才五天，就在上星期二，不，只要再等不多一会儿工夫，只要再等片刻，我就可以把黑暗驱散！难道她还没有平静下来吗？第二天，她听我说话的时候已经带着微笑了，尽管还有点忸怩……主要是在整个这段时间里，在这整整五天，她不是忸怩不安，就是羞惭。还在害怕，很害怕。我无意争论，我也不会像疯子一样不许她害怕：的确害怕，她怎么能不害怕呢？要知道，我们彼此早就视同陌路，早就同床异梦，可忽然发生了这一切……但是我对于她的恐惧视而不见，新的未来在熠熠发光……诚然，我犯了个大错，这千真万确，毫无疑问。也许，甚至于，我许多地方都错了。第二天，我刚一醒来，从一大清早起（这是在星期三），我就立刻冷不防犯了个大错：我突然把她变成了我的朋友。我急匆匆地，我太性急了，但是坦白是需要的——哪呀，岂止是坦白！甚至我毕生对自己都隐瞒的事，我也没有向她隐瞒。我直截了当地说，整个冬天我一直坚信她是爱我的。我向她说明，放债开钱庄无非是我的意志和理智的堕落，是我个人自怨自责和自我标榜的一种思想表现。我向她解释，当初在剧场小卖部我的确胆小了，这是因为我的性格软弱，生性多疑，那环境把我吓坏了，那小卖部把我吓坏了；令我害怕的还有：如果我突然挺身而出，会不会显得很蠢呢？我不是怕决斗，我是怕显得愚蠢……而后来我又不愿意承认，让大家丢脸，也因此而让她丢脸，后来我跟她结了婚，为的就是让她因此而感到丢脸。总之，我说这些话时，大部分像发热病时说的胡话。她也抓住我的两只手，求我别说了："你说过头了……您在折磨您自己。"她又开始流泪，又差点没有发作歇斯底里！她一再求我不要再说，不要再提这类事了。

我不顾她的一再请求，或者很少顾及，一心想的只是春天和布伦！那里阳光明媚，那里有我们新的太阳，我净顾着说这些了！我把放债的钱庄给关了，我把买卖出让给了多布龙拉沃夫。我还向她提议把所有的财产一下子全部散尽，布施给穷人，除了我从教母遗产中得到的那最基本的三千卢布以外，因为我们要用它到布伦去，然后再回来过我们劳动的新生活。我们就这么决定了，因为她一句话也没说……只是微微地笑了笑。看来，她这笑多半是出于礼貌，免得扫我的兴。要知道，我看得出来。她讨厌我，诸位别以为，我就那么笨和那么自私，竟连这点也看不出来。我什么都看到了，毫厘不爽地看到了，我比谁都看得清楚；我的整个绝望已暴露在外！

我把有关我和有关她的一切都讲给她听了。也讲了有关卢克里娅的事。我说我曾经哭过……噢，要知道，我也曾经改变过话题，有些事我也努力做到绝对不再提它。要知道，甚至于她都高兴起来了，有一次或者两次，我记得很清楚，我记得！诸位干吗说我视而不见，什么也看不到呢？要是没有发生这事，那么一切就会复活，就会新生。要知道，还在前天，当我们谈到读书以及这个冬天她读了些什么的时候，她告诉我——要知道，当她提到吉尔·布拉斯被格拉那达大主教撵走那段故事①的时候，她都笑了。她笑得多么像个孩子呀，特可爱，就像过去待字闺中时一样（就一刹那！转瞬即逝！）；我多么高兴啊！不过话又说回来，谈到那个大主教，却使唤我蓦地吃了一惊：她冬天坐在家里欣赏这部杰作时已能边笑边读，可见当时她的

---

① 吉尔·布拉斯是法国作家勒萨日（1668—1747）同名小说的主人公。他在辗转流浪中，投靠格拉那达大主教，担任他的秘书。由于他对大主教拍马逢迎，因而博得大主教的青睐和恩宠。后来他委婉地指出他主人的布道文已大不如前了。主教闻言大怒，认为他无知和缺乏审美力，当即将他逐出家门。

心情已十分平静，十分欢快。可见，她已经开始完全平静下来了，已经开始完全相信我就这么撂下她不管了。"我以为您就这么撂下我不管了呢"——当时在星期二她不就是这么说的吗！噢，简直是一个十岁女孩的想法！要知道，她真的相信，真的相信，一切真会这么继续下去：她坐在自己的桌子旁，而我则坐在自己的桌子旁，我们俩就这么，走到六十岁。可是忽然——我这时走了过来，我是她丈夫，而丈夫需要爱！噢，误会，噢，我瞎了眼！

我的错误还在于我欢天喜地地看着她；应当克制一点嘛，要不我的狂喜会吓着她的。但是我不是克制了吗，我不是再没有亲吻她的脚吗。我一次也没有摆出一副架势……似乎我是她丈夫——噢，我脑子里压根儿就不曾这么想过，我只是无限地爱她！但是要知道，总不能一言不发吧，总不能完全不说话吧！我忽然对她说，我很欣赏她说的话，我认为她比我有学问，文化修养比我高得多，我没法跟她比。她脸涨得通红，不好意思地说我过奖了。这时我突然犯傻，忍不住告诉她，当我躲在门背后，听到她与那个坏蛋交锋，这是一个守身如玉的女人跟一个畜生的交锋——当时我是多么高兴啊，当时我是多么欣赏她的智慧，欣赏她光芒四射的冷嘲热讽啊，而且她当时又是那么仁义忠厚，那么天真未凿。她仿佛全身打了个哆嗦，又喃喃道，我言过其实了，但是她忽然整个脸罩上了一层乌云，她用两手捂着脸，号啕大哭……这时我也按捺不住：我又匍匐在她面前，又开始亲吻她的两只脚，结果又像星期二一样发作了歇斯底里。这是昨天晚上的事，可是到今天早上……

今天早上？！我是个疯子，不是就在今天吗，还在不多久以前，仅仅在不多久以前呀！

请诸位听我说，请诸位仔细考虑一下：当我们不多久以前还坐在一起喝茶的时候（这是在昨天的发作之后），她的安详、从容，甚至都使我感到吃惊，这都是真的呀！而我想到昨天发生的事整夜都战战兢兢，坐立不安。但是突然间她向我走了过来，站在我面前，抱着手（就在不多一会儿以前，不多一会儿以前呀！），开始对我说，她是一名罪犯，她对此心知肚明，她犯的罪行使她痛苦了一冬天，甚至现在她也感到痛苦……又说她十分珍惜我的宽宏大量……"我要做您的忠实的妻子，我要尊敬您……"我立刻跳起来，像个疯子似的拥抱她！我亲吻她，亲吻她的脸，亲吻她的嘴，像一个丈夫久别之后头一回亲吻自己的妻子一样。方才我干吗要出去呢，一共才出去了两小时……去办我们的出国护照……噢，上帝！只要早五分钟回来就好啦！……而现在我们大门口的这群人，这些瞧着我的目光……噢，主啊！

卢克里娅说（噢，我现在绝不放卢克里娅走，她全知道，她一冬天都在，她会把一切全告诉我的），她说，当我走出家门以后，总共就在我回来前大约廿分钟——她突然到我们房间里来问太太一件什么事儿，问什么，我不记得了，她看见她那帧圣像（就是那帧圣母像）已经从神龛里取了下来，放在她面前的桌子上，而太太好像刚在这帧圣像前祷告过。"您怎么啦，太太？""没什么，卢克里娅，你走吧……等等，卢克里娅。"我走到她身边，吻了吻她。我问她："您幸福吗，太太？""幸福，卢克里娅。""太太，老爷早就该来请求您原谅了……谢谢上帝，你们总算和好啦。"她说："好，卢克里娅，你走吧，卢克里娅。"她说罢微微一笑，不过笑得很古怪。因为很古怪，所以卢克里娅十分钟后又忽然回来看看她到底怎么啦。"她站在墙根前，靠近窗口，一只手扶着墙，头靠在胳臂上，就这么站着在想心事。她站着就这么想出了神，竟没有发现我正站在另一间屋子里看她。我看见她似乎在微笑，站着，一面想心事，一面微笑。我看了看她就悄悄地转过身来，是了，我正在心里寻思，突然听到她打开了窗户。我立刻过去对她说：'天凉，太太，当心感冒。'我突然看见她站到窗台上，而且整个人都站着，全身都站直了，在开着的窗口，背对我，两手捧着圣

像。我的心一下子掉了下来，我喊：'太太，太太！'
她听见了，想回过头来看我，可是她没有转身，而是
跨前一步，把圣像抱在胸前，从窗口跳了下去！"

我只记得，当我走进大门的时候，她的身体还是
温的。主要是他们全看着我。先是又喊又叫，后来又
突然鸦雀无声，大家都在我面前让开了路……她躺在
那里，抱着圣像。我记得，我眼前一片漆黑，我默默
地走了过去，看了很久，大家都围着我，向我说着什
么。卢克里娅也在这里，可是我没有看见她。她说她
曾经跟我说过话。我只记得一个小市民，他一直在向
我嚷嚷："嘴里流出了一小口血，一小口血，一小口血
呀！"并且向我指着这里石头地上的一小口血。我好
像伸出手指碰了一下血，手指沾上了血，我瞧着手指
（这，我记得），而他还是一个劲地向我嚷嚷："一小口
血，一小口血！"

"一小口血又怎么啦？"我吼道，有人说我声嘶力
竭地大吼，举起拳头，向他扑过去……

噢，怪，太怪了！这是误会呀！这不是真的！不可能！

四
一共才晚到五分钟

难道不是吗？难道这是真的吗？难道能说这是可能的吗？这女人为什么要死，干吗要死呢？

噢，请诸位相信，我懂得这道理；但是她为什么要死呢？——这毕竟是个问题。她对我的爱感到害怕，她严肃地问自己：接受不接受他的爱呢？她回答不了这问题，因此只好去死。我知道，我知道，不必绞尽脑汁去苦苦思索：她许的愿太多了，害怕了，怕履行不了，这很清楚。这里有几个十分可怕的情况。

因为，她为什么要死呢？这毕竟是个问题。这问题敲击着，在我脑子里不停地敲击着。如果她愿意这样下去，我也可以让她这样下去，撇下她不管。问题在于她不相信真能这样！不——不，我在胡说，根本不是这原因。无非是因为对我必须光明磊落；要爱就必须整个儿地爱，而不是像爱一个商人那样地爱。可是因为她太贞洁了，她不能同意一个商人所需要的那种爱，再说她也不愿欺骗我。她不愿意用半心半意或三心二意的爱冒充整个的爱来欺骗我。这种人太光明磊落了，这就是症结所在，您哪！当初我曾想培养她心胸开阔，诸位记得吗？真是个怪念头。

　　我非常想知道：她敬重我吗？我不知道她是不是看不起我？我不认为她会看不起我。非常奇怪的是：为什么整个冬天我一次也没有想到她会看不起我呢？我坚信情况恰好相反，直到她那时候用严厉而又惊讶的目光看了看我为止。正是用严厉的目光。直到这时我才明白过来，她看不起我。无可挽回地明白了，永远明白了！啊，就让她看不起我好了，哪怕一辈子看不起我也行，但是——得让她活下去，活下去呀！不久前她还会走路，还会说话。我完全不明白她怎么会跳窗自杀？我叫卢克里娅过来。现在我无论如何不能让卢克里娅走，说什么也不让！

噢，我们还可以言归于好，彼此谅解嘛。我们只是在冬天彼此可怕地疏远了，但是难道就不能再次习惯起来吗？为什么，为什么我们就不能破镜重圆，重新开始新的生活呢？我宽宏大量，心地仁厚，她也是——这就是结合点呀！只要再说几句话，再有两天，不要更多，她不就什么都明白了吗？

最气人的是这一切纯属偶然——一种简单的、野蛮的、保守的偶然。真气人！五分钟，一共，一共才晚到了五分钟！我倘若早到五分钟——这一刹那就会像浮云一样一掠而过，以后她就永远不会再想到自寻短见了。结果可能是她恍然大悟，明白了一切。而现在又是空空的房间，我又是孑然一身。听，钟摆在滴滴答答地响，它漠然处之，毫无痛惜之情。没有一个人——真要命。

我走来走去，一直在走来走去。我知道，知道，你们不要提醒我：你们听到我埋怨偶然，埋怨我迟到了五分钟，是不是觉得很可笑呢？但是，要知道，这是显而易见的道理。单说这一点，她连绝命书都没留下，诸如"我系自杀，请勿归咎他人"，就像别人都会留下一张绝命书那样。难道她就不明白人家甚至会惊动卢克里娅，找她麻烦的，说什么"当时就你一个人，因此是你把她推下去的"。要不是院子里有四个人，站在厢房的窗口和从院子里看见她双手捧着圣像，是她自己纵身跳下去的，那，起码，卢克里娅就会被冤枉，就会吃官司。但是，要知道，连这也是偶然，因为刚好院子里有人，又刚好看见了。不，这一切都是刹那间的事，仅仅是无意识的一刹那。突如其来和想入非非！她曾经向圣像祷告，这又是怎么回事呢？这并不能说明她要死了。整个这一刹那也许总共才持续了十分钟，整个决定——正是在她站在靠墙的地方，头靠在胳臂上，面带微笑的时候决定的。一个想法钻进了她的脑海，盘旋不去，于是——于是她经受不住，就向它屈服了。

不管你们怎么说，反正这是明显的误会。跟我还是可以过下去的嘛。她贫血又该怎么说呢？很简单，因为贫血，因为生命力耗尽了？这个冬天她太累了，就是因为这……

我来晚啦！！！

她躺在棺材里显得多么瘦小啊，连鼻子都尖了！睫毛像一支支箭一样。要知道，她摔下去的时候，什么也没有摔碎，什么也没有摔断！只是淌出了这"一小口血"。就是说只有一汤匙血。内部震荡。我产生了一个奇怪的想法：不埋葬行不行？因为要是把她抬走了，那……噢，不，要把她抬走几乎是不可能的！噢，我知道必须把她抬走，我不是疯子，我根本不是在胡言乱语，相反，我的头脑还从来没有这样清醒过。但是，家里怎么又是空无一人呢，又是两个房间，又是我孑然一身，同我的抵押品待在一起。人生如梦，真是人生如梦啊！我把她折磨死了——就这么回事！

你们的法律现在又能拿我怎么样呢？我才不管你们那些风俗，你们那些习惯，你们的生活，你们的国家，你们的信仰呢！就让你们的法官审判我好了，就让人们把我带上法庭，带上你们的公审法庭①好了，可是我要说我不承认任何法庭。法官会向我大喝一声："住口，军官！"我要向他大叫："现在你有什么权力让我俯首听命？为什么黑暗的保守势力要肆意摧残世界上最珍贵的东西。现在你们的法律又能拿我怎么样？我不承认你们的法律。"噢，我什么都不在乎！

她看不见了，看不见了！她死了，听不见了！你不知道，我会用怎样的天堂围住你。天堂就在我心中，我要使你周围成为一片天堂！唉，你也许不爱我——不爱就不爱吧，那有什么呢？一切就这样吧，一切就保持这样吧。不过请你把我当作朋友跟我说说话儿，我们会互相望着对方，一起快乐，一起欢笑的。我们就这样活下去。如果你爱上了别的人——那就爱吧，爱吧！你可以跟他一起走路，对他笑，我可以在街对

---

① 俄国从1864年起实行司法改革，改秘密法庭为公审法庭，并实行陪审员制。

面看着你们……噢，一切都随你便，只要她能睁开眼睛，哪怕就睁开一次呢！就睁开一刹那，哪怕就一刹那呢！就像不久前那样，当你站在我面前，发誓要做我的忠实妻子时那样看我一眼呢！噢，你只要再看我一眼你就会明白一切的！

　　保守落后的势力啊！噢，造化啊！人孤独地活在世上——多么不幸啊！"旷野里有人活着吗？"①一位俄罗斯勇士喝问道。现在是我而不是那个勇士在叫，可是无人答应。据说，太阳能使普天之下富有生气。旭日东升——你们再看看它，难道它不是同死人一样吗？②一切都死绝了，到处都是死人。只有一些人孤独地活着，而在他们周围是一片哑默——这就是人世间！"人们，你们要彼此相爱"——这话是谁说的？这是谁的命令？③钟摆仍在无情而又可恶地滴答作响。半夜两点了。她的小皮鞋还放在床边，似乎在等待她……不，说真的，要是明天把她抬走了，我该怎么办呢？

---

① 　语出赫尔岑的小说《谁之罪》。
② 　太阳由生命的泉源变为死亡的象征，语出《新约·启示录》。
③ 　参见《约翰福音》第15章第12节："你们要彼此相爱，像我爱你们一样，这就是我的命令。"

译者附识

　　《认命的姑娘》，一译《温顺的女人》，最初发表于《作家日记》1876年11月号。《作家日记》是陀思妥耶夫斯基办的私人刊物，本来是专供作者发表政论与时评的。但作者在报纸上偶然读到一则有关自杀的报道：一个女人，走投无路，生活无着，跳楼自杀，跳楼时还抱着圣母像。这则消息使作者受到极大震动。考虑再三，他决定暂停写作通常的"日记"，而改用艺术形式来叙述和评论这个令人震惊的"认命的、心境平和的自杀"。

　　陀思妥耶夫斯基在自己的作品中描写过各种自杀。在作家看来，每个自杀都是一个发人深省的哲学问题。

这篇故事描写的是一位16岁少女的自杀。作者在他的笔记中写道："心境平和的自杀。上帝的世界不是为了我。"又说："这已经是某种认命的、心境平和的自杀。这里甚至于大概也没有任何抱怨与埋怨，原因很简单——既然没法活下去，'上帝不愿意'，于是她就做完祷告，死了。"但是这死法却令人深思，令人痛苦。

这位少女的身世和自杀的原因，是由她的丈夫以追溯往事的形式补叙的。先是思绪纷乱，然后才逐渐集中，逐渐明朗，犹如人物的内心独白和意识流。作者称这篇小说是"幻想小说"，一如雨果的《死囚的末日》。小说的描写手法，也就是作家自己说的"发展到幻想的现实主义"。貌似虚构，实际上却是"最现实，也是最真实的作品"。

这姑娘的丈夫，是一个曾经做过军官，后被逐出部队，成为一名收当放债的高利贷者。他是一个人格分裂或双重人格的人。一边是思想的黑暗深渊，一边是"人身上的人"。他既吝啬、贪婪，对前来当当的人心狠手辣，厌恶整个社会，想报复这个社会，但是他又希望能够像正常人一样生活，有吃有喝，有房有地，有一个幸福的家。他既爱自己的妻子，又处处想凌驾于妻子之上，"赐恩"于她。他既希望从妻子那里得到爱，又总板着脸，要求妻子服从他，尊重他，表现出一副"大丈夫的威权"，缺乏与妻子的心灵沟通。

最后他妻子想通了，认命了。因为她鄙视他，没法爱他和尊重他。既然命中注定她得不到幸福，还不如一死了之。她是一名基督徒，便以基督徒的方式结束了生命。不怨天，不尤人，心平气和地死了。临死时还怀抱着圣母像——她父母生前给她的祝福，祝她与圣母与上帝同在。

图书在版编目（CIP）数据

认命的姑娘 /（俄罗斯）陀思妥耶夫斯基 著；臧仲伦 译 .
— 桂林：漓江出版社，2023.12（2024.11 重印）
ISBN 978-7-5407-9468-2

Ⅰ.①认… Ⅱ.①陀…②臧… Ⅲ.①中篇小说—小说集—俄罗斯—
近代②短篇小说—小说集—俄罗斯—近代 Ⅳ.① I512.44

中国国家版本馆 CIP 数据核字（2023）第 119387 号

认命的姑娘（Renming de Guniang）

作　　者：（俄罗斯）陀思妥耶夫斯基　　译　　者：臧仲伦

出 版 人：刘迪才
策划编辑：王　坤
责任编辑：王　坤
书籍设计：刘　伟
责任监印：张　璐

出版发行：漓江出版社有限公司
社　　址：广西桂林市南环路 22 号
邮　　编：541002
发行电话：010-85891290　0773-2582200
邮购热线：0773-2582200
网　　址：www.lijiangbooks.com
微信公众号：lijiangpress

印　　制：北京中科印刷有限公司
　　　　　（北京市通州区宋庄工业区 1 号楼 101 号　邮编：101118）
开　　本：880mm×1230mm　1/32
印　　张：9.5　　字数：130 千字
版　　次：2023 年 12 月第 1 版
印　　次：2024 年 11 月第 3 次印刷
书　　号：ISBN 978-7-5407-9468-2
定　　价：45.00 元